✝ オペラ座の怪人
✝ ドラキュラ
✝ ジキルとハイド

TOKIMEKI YUME BUNKO

恐《きょう》怖《ふ》の名《めい》作《さく》

トキメキ夢文庫

物語《ものがたり》の見《み》どころ

オペラ座《ざ》の怪人《かいじん》 P5～80

歌《うた》ひめの誕生《たんじょう》
(第《だい》1章《しょう》)

オペラの主役《しゅやく》を急《きゅう》きょ演《えん》じることになったクリスティーヌは、みごとな歌声《うたごえ》で人々《ひとびと》に新《あたら》しい歌《うた》ひめの誕生《たんじょう》を印象《いんしょう》づけます。新人《しんじん》とは思《おも》えないクリスティーヌのすばらしい歌声《うたごえ》には、じつは秘密《ひみつ》があるのです……。

パリ国立歌劇場《こくりつかげきじょう》
(オペラ座《ざ》)

▲設計者《せっけいしゃ》の名前《なまえ》から、ガルニエ宮《きゅう》とも呼《よ》ばれています。

「オペラ座《ざ》の怪人《かいじん》」のぶたいとなった、フランスのパリにある国立歌劇場《こくりつかげきじょう》です。1875年《ねん》に建築家《けんちくか》のシャルル・ガルニエによって完成《かんせい》されたこの劇《げき》場《じょう》は、現在《げんざい》もバレエやオペラの公演《こうえん》に使《つか》われています。

ドラキュラ P81～160

なぞめいた伯爵《はくしゃく》

(第《だい》2章《しょう》)

ドラキュラ伯爵《はくしゃく》からのいらいを受《う》け、イギリスからはるばるルーマニアへやって来《き》た弁護士《べんごし》のジョナサン。たどり着《つ》いたドラキュラの城《しろ》も伯爵本人《はくしゃくほんにん》も、どうもうす気味《きみ》が悪《わる》く……。

ジキルとハイド P161～222

うさんくさい男《おとこ》

(第《だい》1章《しょう》)

弁護士《べんごし》であるアタスンの友人《ゆうじん》・リチャードが真夜中《まよなか》の路地《ろじ》で見《み》た男《おとこ》は、女《おんな》の子《こ》にぶつかっておいて平然《へいぜん》とふみつけ去《さ》ろうとします。リチャードは男《おとこ》を呼《よ》びとめますが、その男《おとこ》の顔《かお》はなんだかきみょうにゆがんでいて……。

物語《ものがたり》から生《う》まれた恐怖《きょうふ》のキャラクターたち

この本《ほん》に収録《しゅうろく》した以外《いがい》の、物語《ものがたり》から生《う》まれた恐怖《きょうふ》のキャラクターを紹介《しょうかい》します。

「フランケンシュタイン」

19世紀《せいき》イギリスの女性作家《じょせいさっか》、メアリー・シェリーの小説《しょうせつ》から生《う》まれました。物質《ぶっしつ》から人間《にんげん》をつくろうとした科学者《かがくしゃ》がつくってしまった、世《よ》にもみにくい怪物《かいぶつ》です。しかし、怪物《かいぶつ》にも愛《あい》されたい心《こころ》があり……。小説《しょうせつ》では、フランケンシュタインというのは怪物《かいぶつ》をつくった科学者《かがくしゃ》の名前《なまえ》で、怪物《かいぶつ》の名《な》ではありません。

1931年《ねん》の映画《えいが》「フランケンシュタイン」。小説《しょうせつ》は映画《えいが》になることで、広《ひろ》く知《し》られていきました。

「女吸血鬼《おんなきゅうけつき》カーミラ」

19世紀《せいき》アイルランドの作家《さっか》、レ・ファニュの小説《しょうせつ》です。父《ちち》と暮《く》らすローラがある日自宅《ひじたく》の城《しろ》に招《まね》きいれることになった女《おんな》、それが吸血鬼《きゅうけつき》カーミラでした。カーミラはローラに親《した》しげに近《ちか》づきながら、少《すこ》しづつ生命力《せいめいりょく》を吸《す》いとります。ブラム・ストーカーの「ドラキュラ」は、この作品《さくひん》に影響《えいきょう》を受《う》けて書《か》かれました。

「透明人間《とうめいにんげん》」

19世紀《せいき》イギリスの作家《さっか》、H.G.ウェルズの小説《しょうせつ》です。光《ひかり》の曲《ま》がり方《かた》を研究《けんきゅう》する科学者《かがくしゃ》のグリフィンは、ある日体《ひからだ》の色《いろ》を消《け》す薬《くすり》を発明《はつめい》し、それを飲《の》んで透明人間《とうめいにんげん》になります。しかし透明人間《とうめいにんげん》は意外《いがい》と不便《ふべん》で、服《ふく》を着《き》れば服《ふく》だけ見《み》えてしまう。町《まち》の人《ひと》にもあやしまれ、町《まち》を追《お》われてしまいます。

オペラ座《ざ》の怪《かい》人《じん》

もくじ

キャラクター紹介《しょうかい》

物語《ものがたり》の中心《ちゅうしん》となるキャラクターを紹介《しょうかい》します。

クリスティーヌ

オペラ座《ざ》の新人《しんじん》歌手《かしゅ》。幼《おさな》いころラウールと知《し》り合《あ》い、ひそかに想《おも》っていた。オペラ座《ざ》の楽屋《がくや》で不思議《ふしぎ》な声《こえ》を聞《き》き、歌《うた》の力《ちから》がぐんとのびる。

怪人《かいじん》

オペラ座《ざ》に住《す》み着《つ》いているとうわさされる、なぞの人物《じんぶつ》。化《ば》け物《もの》のような見《み》た目《め》でおそれられている。

ラウール

伯爵《はくしゃく》家《け》であるシャニー家《け》の次男《じなん》。オペラ座《ざ》のぶたいでクリスティーヌを見《み》つける。クリスティーヌへの恋心《こいごころ》を、身分《みぶん》のちがいからあきらめていた。

ペルシャ人《じん》

オペラ座《ざ》や怪人《かいじん》のことをよく知《し》る人物《じんぶつ》。昔《むかし》、怪人《かいじん》と何《なに》かかかわりがあったらしい。

第《だい》1章《しょう》 音楽《おんがく》の天使《てんし》

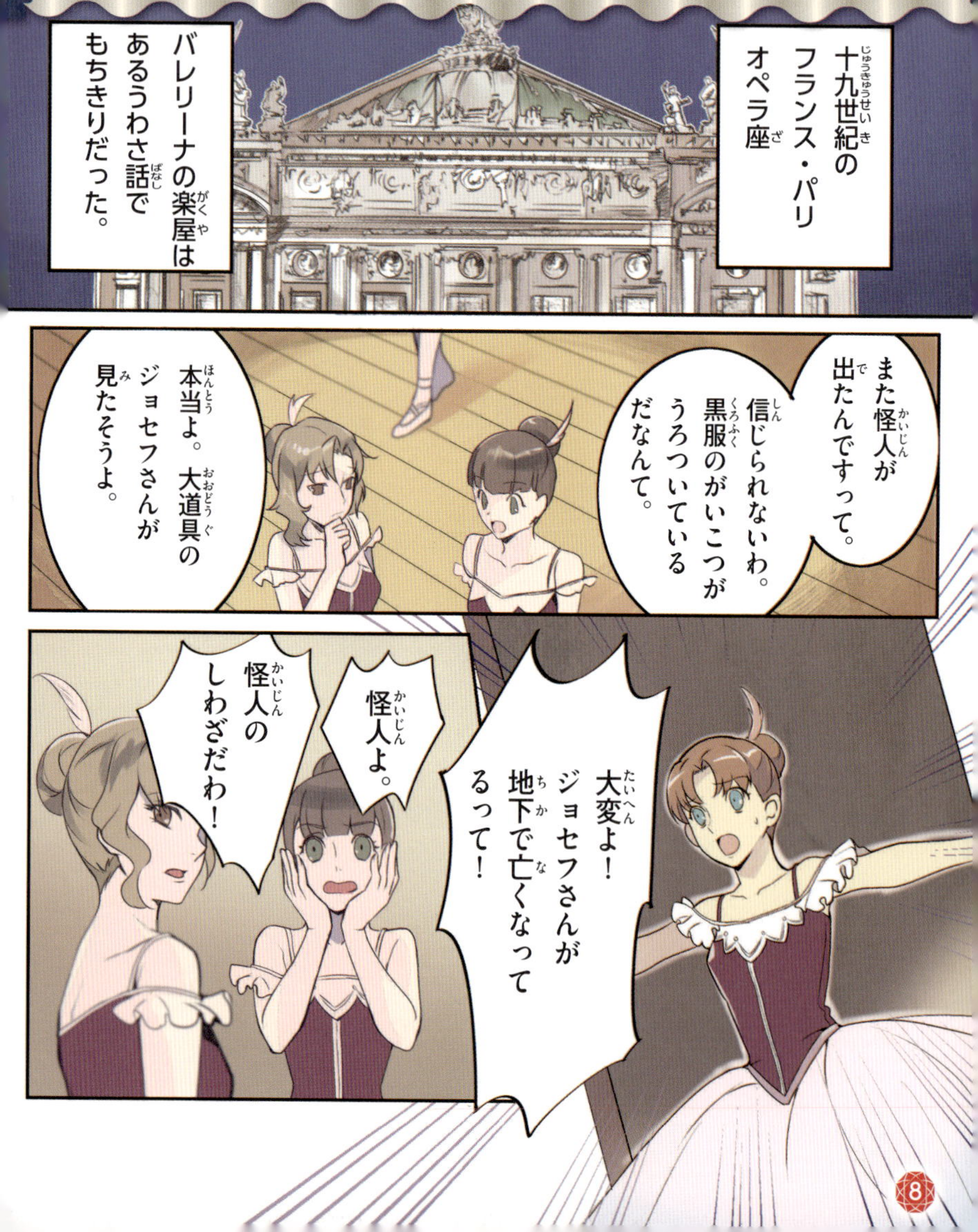

急《きゅう》な代役《だいやく》で主役《しゅやく》なんて大変《たいへん》だけどがんばって。
ええ……。
クリスティーヌ
オペラ座《ざ》の支配人《しはいにん》の引退《いんたい》を記念《きねん》した演目《えんもく》を
ウブなおまえが歌劇《かげき》を好《この》むなんてな。
だって兄《にい》さん……。
このぶたいには彼女《かのじょ》が出《で》ているから……。
シャニー家《け》の若《わか》き子爵《ししゃく》ラウールが兄《あに》と観劇《かんげき》していた。
ラウール

おお……！
すばらしい……。
ざわ

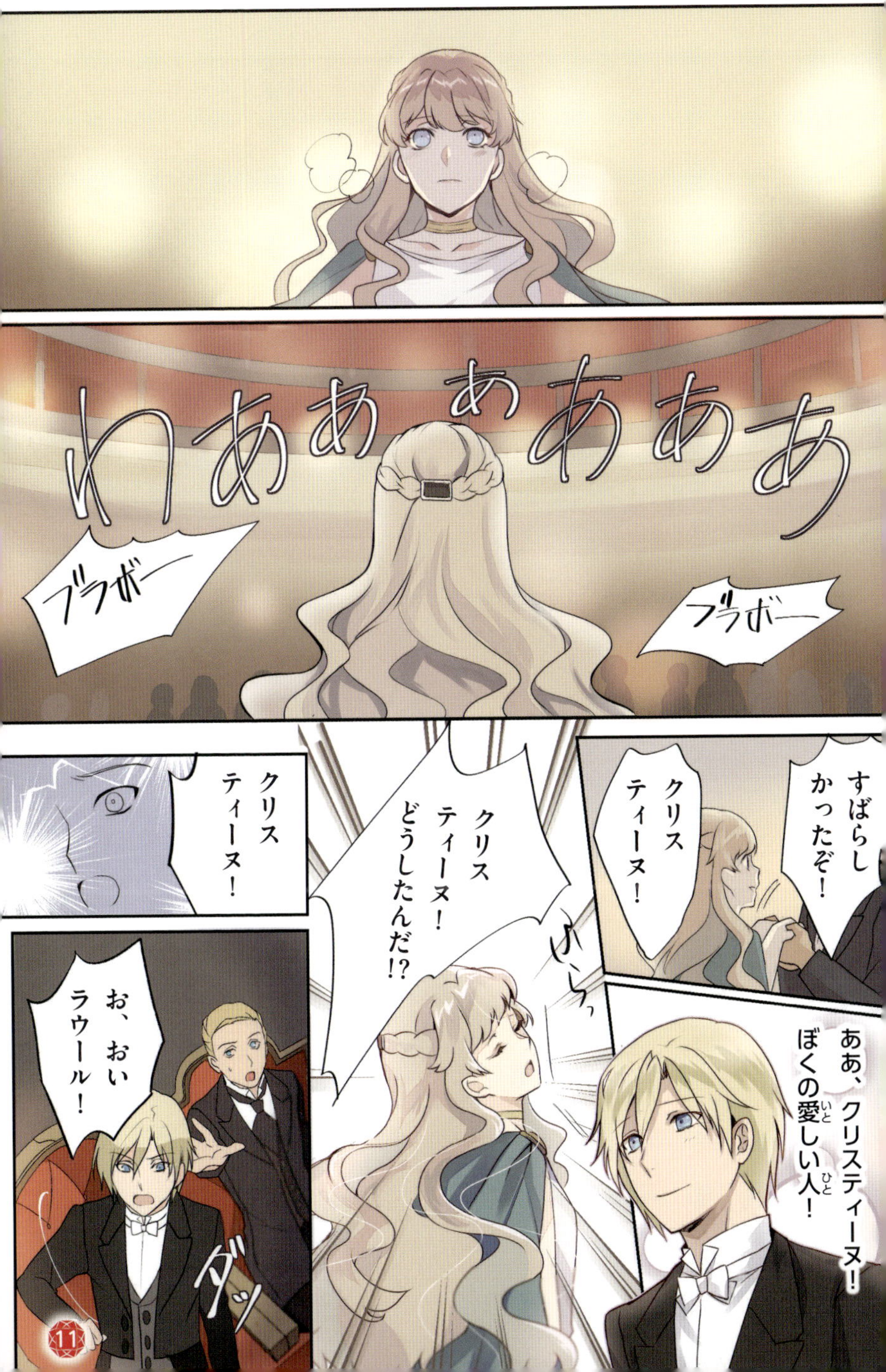

わああ ああああ
ブラボー
ブラボー
すばらしかったぞ！
クリスティーヌ！
クリスティーヌ！どうしたんだ!?
クリスティーヌ！
ああ、クリスティーヌ！ぼくの愛《いと》しい人《ひと》！
ふらっ
お、おいラウール！
ダッ

楽屋《がくや》
クリスティーヌ！
大丈夫《だいじょうぶ》か!?
ドンドン
ガチャ
これは子爵様《ししゃくさま》どうなさいましたか？
すみません……。
クリスティーヌは？
お知《し》り合《あ》いでしたか。
彼女《かのじょ》はお休《やす》みになっています。
たおれたのは過度《かど》の緊張《きんちょう》のせいでしょう。

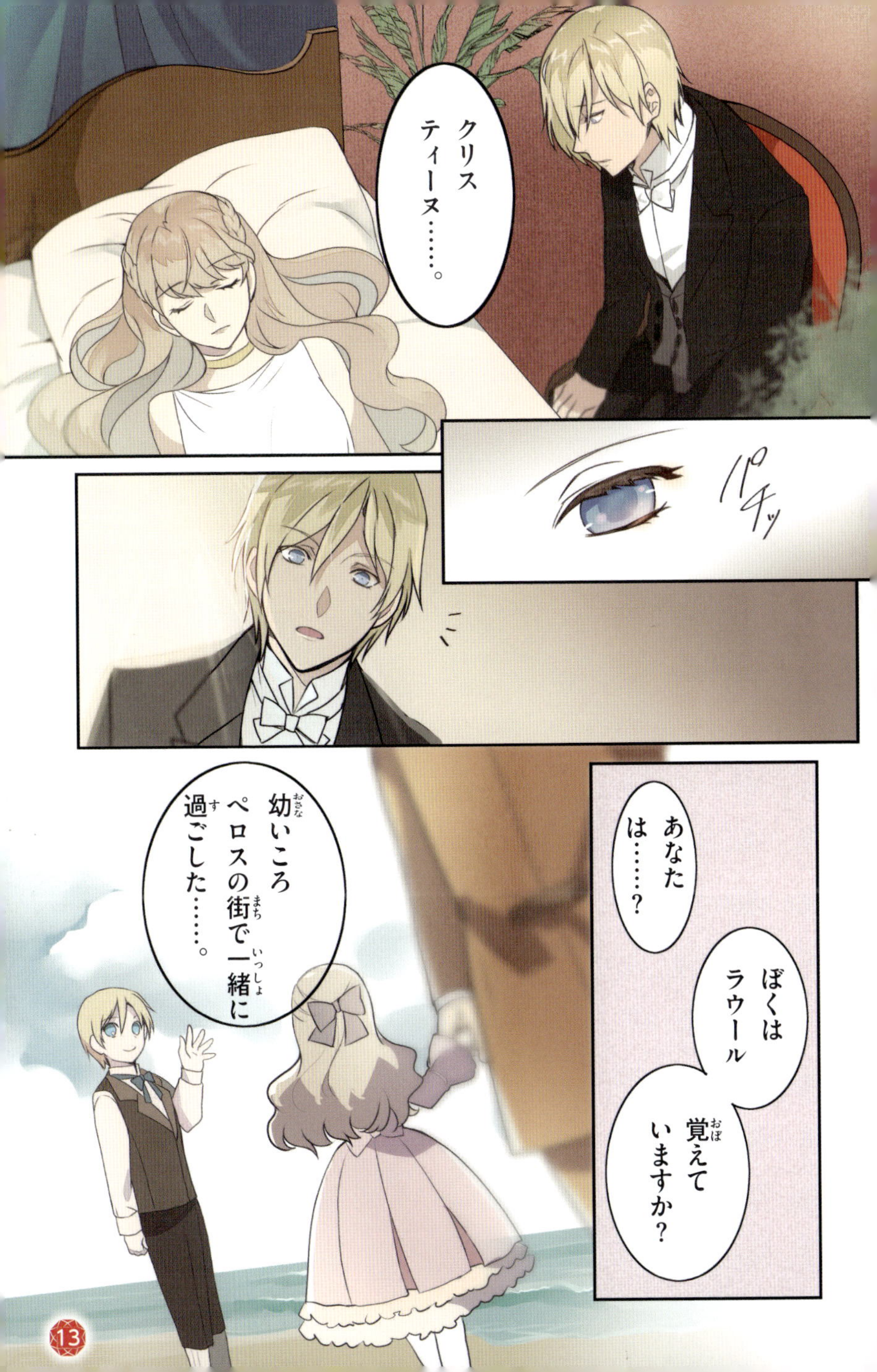
クリスティーヌ……。
パチッ
あなたは……？
ぼくはラウール
覚《おぼ》えていますか？
幼《おさな》いころペロスの街《まち》で一緒《いっしょ》に過《す》ごした……。

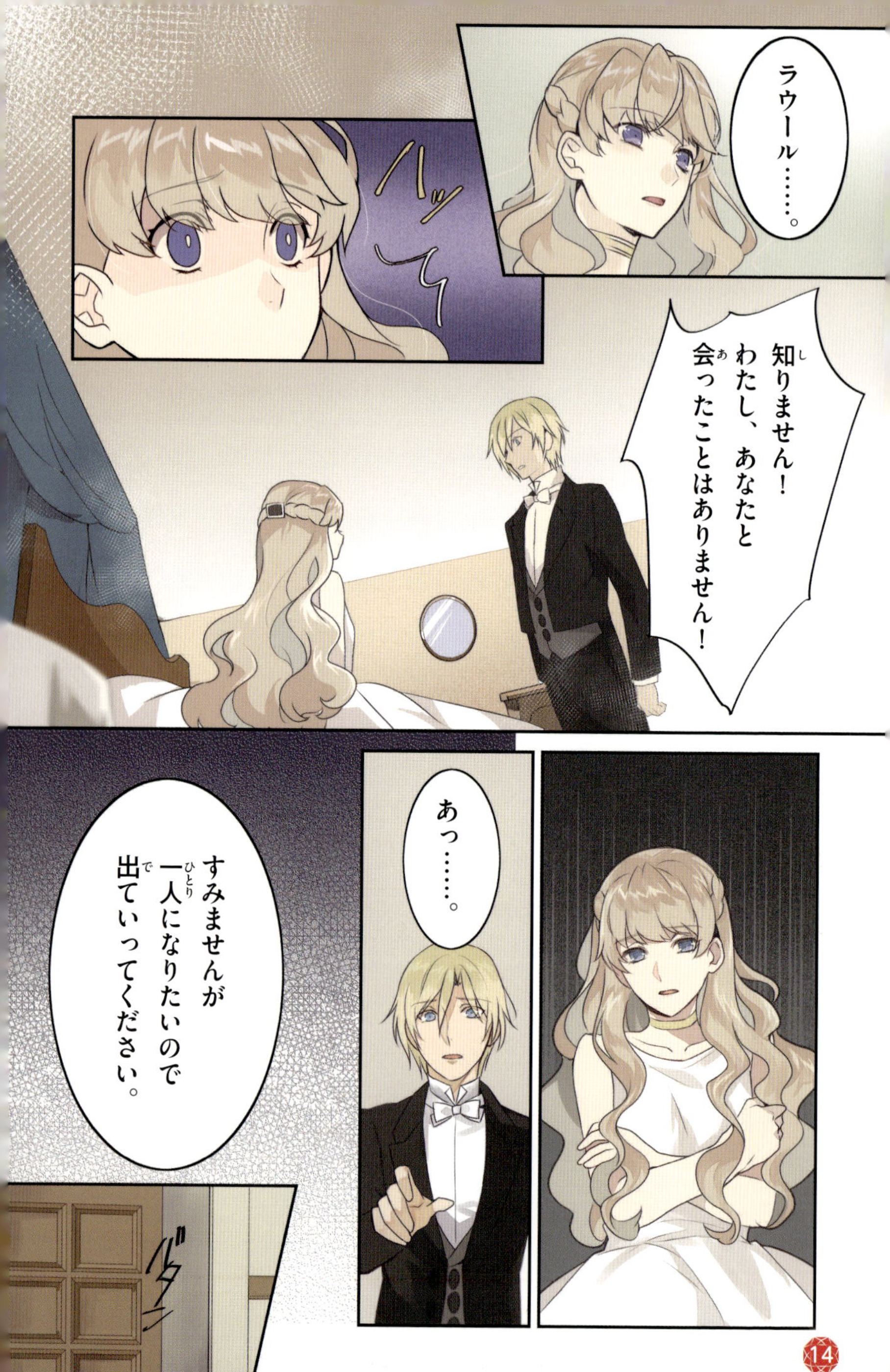
ラウール……。
ハッ
知《し》りません！わたし、あなたと会《あ》ったことはありません！
あっ……。
すみませんが一人《ひとり》になりたいので出《で》ていってください。
バタン

クリスティーヌ……。

ぼくのことを忘《わす》れてしまったのか……。

クリスティーヌ！おまえはわたしを愛《あい》さねばならない！

なぜそんなことを……!? 今夜《こんや》、わたしはあなたのためにたましいをささげて歌《うた》ったのに！

男《おとこ》の声《こえ》……!?

確《たし》かにおまえのたましいは美《うつく》しい。今夜《こんや》は天使《てんし》たちもなみだを流《なが》したろう。

バタバタ
ハッ
ガチャ
サッ
クリスティーヌ……。

楽屋《がくや》にだれが!?
ガチャ
かくれていないで姿《すがた》を見《み》せたまえ!
シーン
おかしい……だれもいない……。
どういうことだ……?

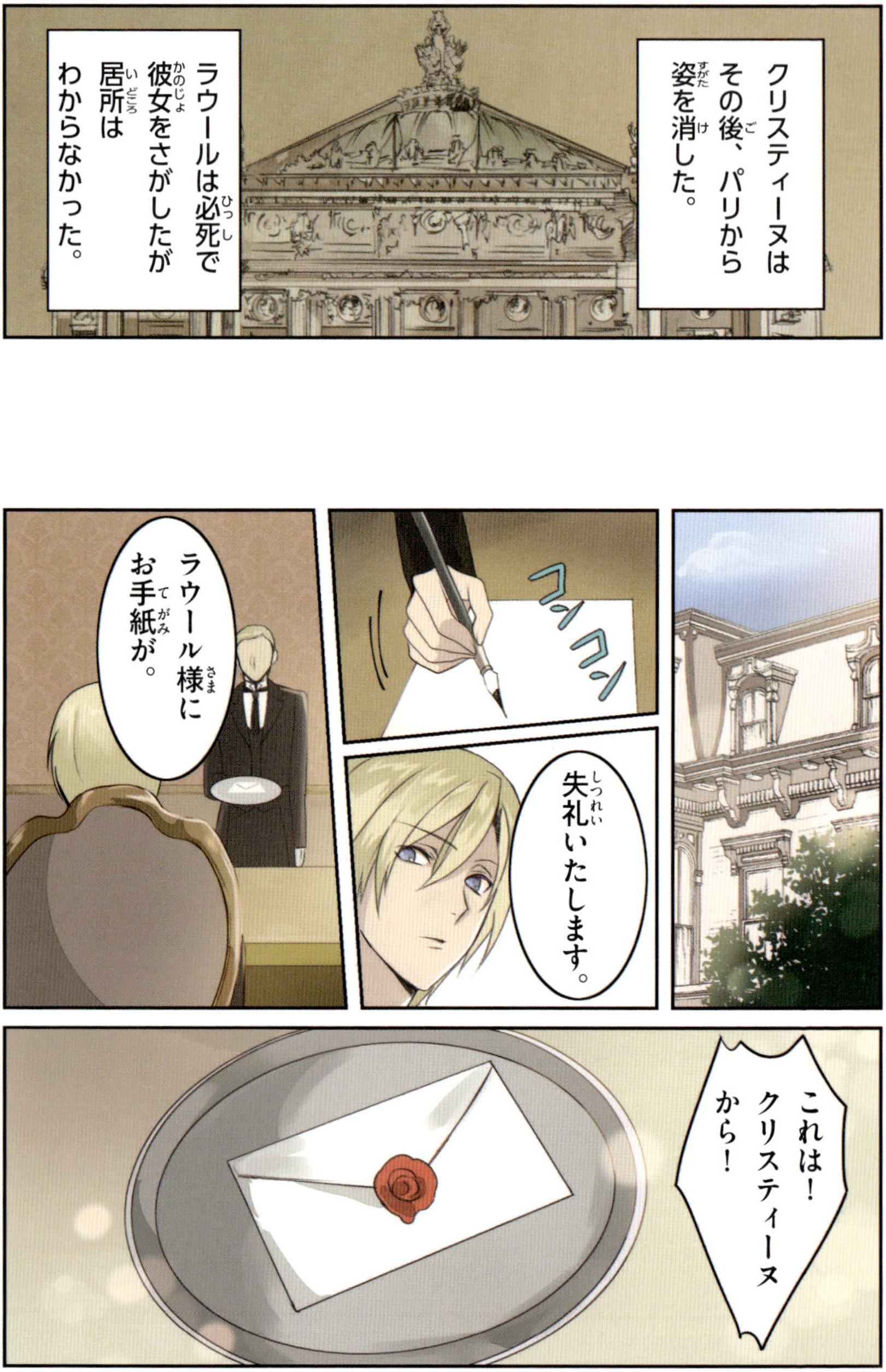
クリスティーヌはその後《ご》、パリから姿《すがた》を消《け》した。
ラウールは必死《ひっし》で彼女《かのじょ》をさがしたが居所《いどころ》はわからなかった。
コンコン
失礼《しつれい》いたします。
ラウール様《さま》にお手紙《てがみ》が。
これは！クリスティーヌから！

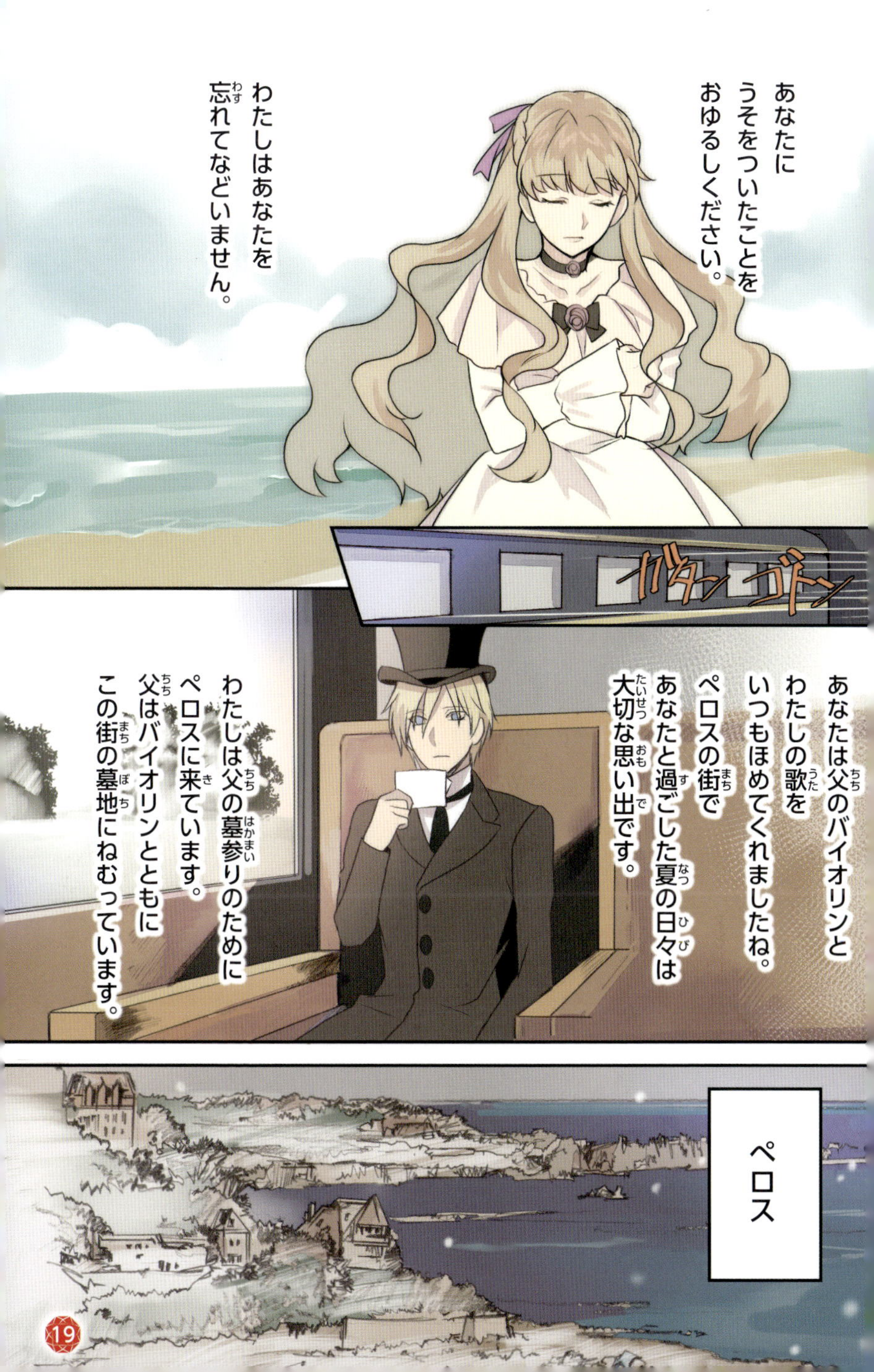
あなたに
うそをついたことを
おゆるしください。
わたしはあなたを
忘《わす》れてなどいません。
ガタン ゴトン
あなたは父《ちち》のバイオリンと
わたしの歌《うた》を
いつもほめてくれましたね。
ペロスの街《まち》で
あなたと過《す》ごした夏《なつ》の日々《ひび》は
大切《たいせつ》な思《おも》い出《で》です。
わたしは父《ちち》の墓参《はかまい》りのために
ペロスに来《き》ています。
父《ちち》はバイオリンとともに
この街《まち》の墓地《ぼち》にねむっています。
ペロス

なつかしい……。あのころのままだ。
ガチャ
クリスティーヌ……。
ラウール……。
君《きみ》に聞《き》きたいことがある。

楽屋《がくや》で話《はな》していた男《おとこ》……、あれは一体《いったい》だれなんだい？
あれは音楽《おんがく》の天使《てんし》なの。
昔《むかし》、父《ちち》が教《おし》えてくれたわ。すばらしい音楽家《おんがくか》には音楽《おんがく》の天使《てんし》がついているんですって。
わたし、三《さん》か月前《げつまえ》から楽屋《がくや》で天使《てんし》に歌《うた》を教《おそ》わっているの。
ヒロイン役《やく》を務《つと》められたのも彼《かれ》のおかげなの！
あれはまちがいなく音楽《おんがく》の天使《てんし》だわ！

深夜《しんや》
クリスティーヌはだれかにだまされている。
音楽《おんがく》の天使《てんし》なんかいるわけがない……。
クリスティーヌ？
こんな夜中《よなか》に一体《いったい》どこへ？
バイオリンの音色《ねいろ》……？
なんて美《うつく》しい……。
クリスティーヌのお父《とう》さんがひいていた曲《きょく》だ。

だれだ!!
待《ま》てっ!!
がいこつ!?

第《だい》2章《しょう》 怪人《かいじん》がいる!?

赤《あか》インクの手紙《てがみ》

怪人《かいじん》の姿《すがた》を見《み》てラウールは気《き》を失《うしな》った。そして、翌朝教会《よくあさきょうかい》の神父《しんぷ》たちによって発《はっ》見《けん》され、すぐに宿屋《やどや》に運《はこ》ばれた。ラウールは、こごえて死《し》にかけていた。

クリスティーヌがラウールの部屋《へや》にかけつけると、ベッドの上《うえ》で青白《あおじろ》い顔《かお》のラウールがねむっていた。クリスティーヌはその日《ひ》、つきっきりでラウールの看病《かんびょう》をした。ラウールは真夜中《まよなか》に目覚《めざ》め、クリスティーヌを見《み》るとつぶやいた。

「よかった……無事《ぶじ》だったんだね。」

顔《かお》に生気《せいき》がもどり、ホッと息《いき》をつくと、ラウールはまたねむりについた。

次《つぎ》にラウールが目《め》を覚《さ》ましたとき、クリスティーヌの姿《すがた》はなかった。女主人《おんなしゅじん》によ

ると、ラウールが回復《かいふく》したのを見届《みとど》けて宿屋《やどや》をあとにしたということだった。

その後《ご》オペラ座《ざ》では、『ファウスト』*が上演《じょうえん》されることになり、今回《こんかい》のヒロインは、人気歌手《にんきかしゅ》のカルロッタが演《えん》じると発表《はっぴょう》された。

公演当日《こうえんとうじつ》の朝《あさ》、新《あたら》しく支配人《しはいにん》になったリシャールとモンシャルマンのもとに、一通《いっつう》の手紙《てがみ》が届《とど》いた。差出人《さしだしにん》の名《な》は「オペラ座《ざ》の怪人《かいじん》」。赤《あか》いインクを使《つか》い、たどたどしい文字《もじ》で書《か》かれていた。

怪人《かいじん》のうわさはすでにリシャールたちの耳《みみ》にも入《はい》っており、二人《ふたり》は、前《まえ》の支配人《しはいにん》からこんな話《はなし》を聞《き》かされていた。

「オペラ座《ざ》は怪人《かいじん》と二《ふた》つのけいやくを結《むす》ばされている。毎月二万《まいつきにまん》*フランを怪人《かいじん》にしはらうこと。そして、二階《にかい》の五番《ごばん》ボックス席《せき》を怪人《かいじん》のために常《つね》に空《あ》けておくこと。」

リシャールたちは、これをじょう談《だん》だと決《き》めつけていた。正体《しょうたい》もわからない相手《あいて》

*『ファウスト』……悪魔《あくま》にたましいを売《う》った男《おとこ》の破滅《はめつ》をえがいたオペラ作品《さくひん》。
*フラン……2001年《ねん》まで、フランスやベルギーなどで使《つか》われていたお金《かね》の単位《たんい》。

に毎月大金《まいつきたいきん》をしはらっているなど、とても信《しん》じられなかったのだ。だから怪人《かいじん》からだという手紙《てがみ》が来《き》ても、前《まえ》の支配人《しはいにん》がふざけて送《おく》ったのだと思《おも》い、笑《わら》いながらふうを開《あ》けた。中《なか》の便《びん》せんには、ふうとうと同《おな》じ赤《あか》インクのたどたどしい文字《もじ》で、「二《ふた》つのけいやくを必《かなら》ず守《まも》るように。金《かね》のしはらい方法《ほうほう》は後日《ごじつ》知《し》らせる。」と書《か》かれていた。さらに、「今回《こんかい》のヒロインも、またクリスティーヌに演《えん》じさせるように。」という指示《しじ》もあった。

「約束《やくそく》を守《まも》らなければ、今夜《こんや》のオペラ座《ざ》はのろわれ、おぞましい一夜《いちや》となるであろう。」

手紙《てがみ》は、そんな不気味《ぶきみ》な一文《いちぶん》でしめくくられていた。読《よ》み終《お》えた支配人《しはいにん》たちは、じょう談《だん》にしてもしゅみが悪《わる》いと腹《はら》を立《た》てた。

「ヒロインは予定通《よていどお》りカルロッタだ！　われわれは、五番《ごばん》ボックス席《せき》から『ファウスト』を楽《たの》しもうじゃないか！」

おぞましい一夜《いちや》

その晩《ばん》、五番《ごばん》ボックス席《せき》に入《はい》った支配人《しはいにん》たちは客席《きゃくせき》を見《み》わたしてきげんを直《なお》した。

「満員《まんいん》だな。立《た》ち見客《みきゃく》までいるぞ。」

『ファウスト』の幕《まく》が開《ひら》いた。ぶたい上《じょう》にまだカルロッタの姿《すがた》はなく、ほかの歌手《かしゅ》たちが次々《つぎつぎ》に歌声《うたごえ》をひろうしていく。

その中《なか》には、ヒロインに恋《こい》する男性役《だんせいやく》を演《えん》じるクリスティーヌもいた。

一階《いっかい》の最前列《さいぜんれつ》にはクリスティーヌだけを見《み》つめる観客《かんきゃく》がいた。ペロスから無事《ぶじ》にもどって来《き》たラウールだった。

場面《ばめん》は進《すす》み、ついにカルロッタが登場《とうじょう》した。大《おお》きなはく手《しゅ》が起《お》こり、ぶたいの中《ちゅう》央《おう》に立《た》ったカルロッタは客席《きゃくせき》を見《み》わたして堂々《どうどう》と歌《うた》い始《はじ》めた。

「さすがは歌《うた》ひめだ。」

五番《ごばん》ボックス席《せき》のリシャールとモンシャルマンは満足《まんぞく》そうにうなずいた。

――そのときだ。カルロッタに異変《いへん》が起《お》きた。

「クワッ！　クワァーッ！」

美《うつく》しい歌声《うたごえ》がとつぜん、気味《きみ》の悪《わる》い音《おと》に変《か》わった。それはまるで、ヒキガエルの鳴《な》き声《ごえ》だった。信《しん》じられないという顔《かお》でカルロッタは何度《なんど》も歌《うた》い直《なお》すが、そのたびにヒキガエルの声《こえ》がひびきわたる。観客《かんきゃく》たちはおどろき、場内《じょうない》は大《おお》さわぎとなった。

支配人《しはいにん》たちは何《なに》が起《お》きているのかわからず、青《あお》ざめていた。

その耳元《みみもと》で、何者《なにもの》かの息《いき》づかいが聞《き》こえた。人《ひと》の気配《けはい》がはっきりと感《かん》じられる。

しかしボックス内《ない》のどこにも姿《すがた》は見《み》えない。

おびえているうちに、低《ひく》い笑《わら》い声《ごえ》がひびきわたった。にげ出《だ》したいのに、足《あし》がすくんで動《うご》けない。

「今夜《こんや》のカルロッタは、シャンデリアも落《お》ちそうな歌声《うたごえ》だな。」

二人《ふたり》は息《いき》をのんだ。

その直後《ちょくご》、頭上《ずじょう》からギギギッと音《おと》がした。

視線《しせん》を上《あ》げた支配人《しはいにん》たちは、さけび声《ごえ》を上《あ》げた。

天井《てんじょう》の巨大《きょだい》なシャンデリアの留《と》め具《ぐ》が外《はず》れ、客席《きゃくせき》の真《ま》ん中《なか》に向《む》かって落《お》ちていった。ガラスのくだけ散《ち》る音《おと》と、人々《ひとびと》の悲鳴《ひめい》がひびきわたった。

仮面舞踏会《かめんぶとうかい》

シャンデリアの落下《らっか》で、一人《ひとり》の死者《ししゃ》と多《おお》くのけが人《にん》が出《で》た。警察《けいさつ》は翌日《よくじつ》、留《と》め具《ぐ》が古《ふる》くなっていたことが原因《げんいん》の事故《じこ》であると発表《はっぴょう》した。ラウールは幸《さいわ》い無事《ぶじ》だったが、この出来事《できごと》のあと、再《ふたた》びクリスティーヌの行方《ゆくえ》がわからなくなった。ラウールは心当《こころあ》たりを訪《たず》ね歩《ある》いたが、何《なに》もわからないまま二週間《にしゅうかん》が過《す》ぎた。

不安《ふあん》でやつれ切《き》ったラウールに、クリスティーヌから便《たよ》りが届《とど》いた。オペラ座《ざ》で開《ひら》かれる仮面舞踏会《かめんぶとうかい》への招待状《しょうたいじょう》だった。

『あさっての晩《ばん》、午前《ごぜん》れい時《じ》に白《しろ》いフードつきのマントを着《き》て来《き》てください。仮面《かめん》で顔《かお》をかくして、だれにもあなただと気《き》づかれないように。』

言《い》われた通《とお》りにオペラ座《ざ》へ出《で》かけていくと、思《おも》い思《おも》いの仮装《かそう》をした人々《ひとびと》が陽気《ようき》にさわいでいた。中央《ちゅうおう》ロビーには人《ひと》がきができており、その中心《ちゅうしん》に赤《あか》いビロードのマントをまとい、羽《はね》かざりのついたぼうしをかぶった人物《じんぶつ》がいた。

その姿《すがた》を見《み》て、ラウールは危《あや》うくさけびそうになった。

（ペロスの墓地《ぼち》で見《み》た、がいこつだ！）

顔《かお》は仮面《かめん》でおおわれているが、まちがいない。つかまえてやろうと彼《かれ》のほうへ向《む》かいかけたとき、後《うし》ろからだれかにうでをつかまれた。

ふりむくと、黒《くろ》いフードのあるマントに仮面《かめん》をかぶった人物《じんぶつ》が立《た》っていた。

「……クリスティーヌ、君《きみ》なんだね？」

相手《あいて》は返事《へんじ》をせず、ラウールのうでを引《ひ》いてロビーをあとにした。

二人《ふたり》で五番《ごばん》ボックス席《せき》に入《はい》ると、やっとクリスティーヌが言葉《ことば》を発《はっ》した。

「……彼《かれ》が、わたしの〝音楽《おんがく》の天使《てんし》〟。」

「あれが天使《てんし》だって？　何《なに》を言《い》ってるんだ？　やっぱり君《きみ》はだまされているんだ。あの化《ば》け物《もの》め、仮面《かめん》をはいで正体《しょうたい》をあばいてやる！」

ロビーにもどろうとするラウールをクリスティーヌは必死《ひっし》で止《と》めた。

「だめよ！　行《い》ってはだめ！　お願《ねが》いだから、わたしの話《はなし》を聞《き》いてちょうだい。」

「目《め》を覚《さ》ますんだ、クリスティーヌ！　だまされているのがわからないのか！」

「どうしても行《い》かせるわけにいかないわ！　あなたを……愛《あい》しているから！」

「……愛《あい》？　愛《あい》だって？　よくそんなことが言《い》えたものだ！　ぼくよりもあんな化《ば》け物《もの》を信《しん》じているくせに！　君《きみ》は、ぼくの愛《あい》をふみにじっているんだ！」

クリスティーヌのひとみからなみだがあふれ出《だ》した。

「そんなふうに思《おも》っているのね……。それならもう……お別《わか》れするしかないわ。」

いつもは愛《あい》らしいクリスティーヌの口元《くちもと》が苦痛《くつう》にゆがんでいた。

ぼうぜんとするラウールを一人残《ひとりのこ》して、クリスティーヌは去《さ》っていった。

第《だい》3章《しょう》

仮面《かめん》の秘密《ひみつ》

鏡《かがみ》の中《なか》のクリスティーヌ

クリスティーヌの言葉《ことば》に傷《きず》ついたラウールは、一人《ひとり》でオペラ座《ざ》の中央《ちゅうおう》ロビーにもどった。そこにはもう、仮面《かめん》の男《おとこ》の姿《すがた》はなかった。さがし出《だ》して正体《しょうたい》をつきとめようと、ラウールはオペラ座内《ざない》を歩《ある》き回《まわ》ったが、男《おとこ》は見《み》つからなかった。

気《き》がつくとラウールは、クリスティーヌの楽屋《がくや》の前《まえ》に来《き》ていた。ノックをして楽《がく》屋《や》に入《はい》ったがだれもおらず、ガスランプがかすかにともっていた。ろうかから近《ちか》づいてくる足音《あしおと》が聞《き》こえ、とっさに洗面所《せんめんじょ》に身《み》をかくすと、クリスティーヌが入《はい》ってきた。ラウールは息《いき》をひそめてようすをうかがった。

クリスティーヌは深《ふか》いため息《いき》をつき、顔《かお》をおおって泣《な》き出《だ》した。

「エリック……かわいそうなエリック……。」

彼女《かのじょ》が自分以外《じぶんいがい》の男《おとこ》の名前《なまえ》を呼《よ》び、なみだしていることに、ラウールはひどく傷《きず》ついた。

（エリック……。一体《いったい》、だれなんだ？）

そのとき、かべの中《なか》から男性《だんせい》の歌声《うたごえ》が聞《き》こえてきた。とても美《うつく》しく、とても魅力《みりょく》的《てき》で、やさしく耳《みみ》に残《のこ》る歌声《うたごえ》だった。歌声《うたごえ》はクリスティーヌのほうへと近《ちか》づいていき、クリスティーヌは声《こえ》に向《む》かって話《はな》しかけた。

「待《ま》っていたわ、エリック……。」

体《からだ》を持《も》たない〝声《こえ》〟は、クリスティーヌに返事《へんじ》をするかのように、歌《うた》い続《つづ》けた。

曲《きょく》は『ロミオとジュリエット』*の「婚礼《こんれい》の夜《よる》」だった。

「運命《うんめい》がぼくらを永遠《えいえん》に結《むす》びつけ……。」

*『ロミオとジュリエット』……宿敵同士《しゅくてきどうし》の家《いえ》に生《う》まれたロミオとジュリエットのゆるされない恋《こい》をえがいた物語《ものがたり》。

その歌詞《かし》にさそわれるように、クリスティーヌは姿《すがた》＊見《み》に近《ちか》づいていった。そして鏡《かがみ》に手《て》をふれると、信《しん》じられないことが起《お》きた。

クリスティーヌが鏡《かがみ》の中《なか》に入《はい》りこんでいく！

引《ひ》き止《と》めようとラウールが飛《と》び出《だ》すと、冷《つめ》たい風《かぜ》がいきなり顔《かお》にふきつけた。おどろき、いっしゅん目《め》を閉《と》じたすきにクリスティーヌは消《き》えていってしまった。
ラウールは何度《なんど》も姿見《すがたみ》に体当《たいあ》たりをしたが、鏡《かがみ》の向《む》こうに行《い》くことなどできるはずがなかった。

＊姿見《すがたみ》……全身《ぜんしん》を映《うつ》して見《み》ることができる大《おお》きな鏡《かがみ》。

アポロンのたてごと

ところが翌日《よくじつ》、クリスティーヌの自宅《じたく》を訪《たず》ねてみると、彼女《かのじょ》は何《なに》ごともなかったようにラウールを出《で》むかえた。

「クリスティーヌ！　もう二度《にど》とあの声《こえ》について行《い》ってはいけない！」

ラウールは、彼女《かのじょ》が鏡《かがみ》の中《なか》に消《き》えたのを見《み》ていたこと話《はな》した。するとクリスティーヌは顔色《かおいろ》を変《か》えた。

「なんてこと！　お願《ねが》いだから、もうあの声《こえ》のことは忘《わす》れて！」

「何《なに》かおそろしい秘密《ひみつ》があるんだね？　だったらなおさら放《ほう》っておけないよ！」

「ラウール……。わかったわ。事情《じじょう》は近《ちか》いうちに必《かなら》ずお話《はな》しします。でも、わたしが呼《よ》ぶまでは、決《けっ》して楽屋《がくや》には近《ちか》づかないでほしいの。」

数日後《すうじつご》の夕方《ゆうがた》、ラウールはクリスティーヌにオペラ座《ざ》の楽屋《がくや》へ招《まね》かれた。

「……ラウール、何《なに》も言《い》わずにわたしについて来《き》て。」

クリスティーヌはラウールの手《て》を引《ひ》いて楽屋《がくや》を出《で》ると、オペラ座《ざ》の階段《かいだん》を上《うえ》へ上《うえ》へとのぼっていった。

そのとき、黒《くろ》いかげが音《おと》もなくあとをつけていることに二人《ふたり》は気《き》がつかなかった。

ラウールたちは屋根《やね》の上《うえ》に出《で》た。オペラ座《ざ》の屋根《やね》にはたてごとを手《て》にしたアポロン像《ぞう》がある。二人《ふたり》はその下《した》にこしをおろした。ラウールには、夕焼《ゆうや》けの空《そら》に向《む》かってたてごとをかかげるアポロンが、自分《じぶん》たちを守《まも》ってくれているように思《おも》えた。

「ペロスであなたと過《す》ごした時間《じかん》は、ずっとわたしの心《こころ》の支《ささ》えだった。父《ちち》を亡《な》くして一人《ひとり》になってからは、つらいことがあるたびにあの夏《なつ》を思《おも》い返《かえ》していたわ。」

ひとみをうるませるクリスティーヌを、ラウールはやさしくだきよせた。

「初《はじ》めて楽屋《がくや》に来《き》てくれた日《ひ》、わたし、あなたを覚《おぼ》えていないと言《い》ったでしょう?

あれは、そばに"声《こえ》"がいたからなの。彼《かれ》はわたしがだれかを愛《あい》することを決《けっ》してゆるさない……。あなたがわたしの大切《たいせつ》な人《ひと》だと知《し》ったら、何《なに》をするかわからないと思《おも》ったの。あの声《こえ》は、わたしたちの想像《そうぞう》もおよばないような力《ちから》を持《も》っているのよ。」

シャンデリアの落下事故《らっかじこ》が起《お》きた日《ひ》、クリスティーヌが楽屋《がくや》にもどると、彼《かれ》の美《うつく》しい歌《うた》声《ごえ》が聞《き》こえてきたという。

「声《こえ》にさそわれて、わたしは姿見《すがたみ》に近《ちか》づいたわ。でもそのあと、何《なに》が起《お》きたのかは自分《じぶん》でもよくわからないの。目《め》の前《まえ》にあったはずの

鏡《かがみ》が消《き》えて、気《き》づくと暗《くら》いろうかにいたのよ。」

仮面舞踏会《かめんぶとうかい》の晩《ばん》にラウールが見《み》たのと同《おな》じ出来事《できごと》が、その日《ひ》も起《お》きていたのだ。

「混乱《こんらん》しているうちに骨《ほね》ばったうでにだきかかえられて、白馬《はくば》に乗《の》せられたわ。目《め》が慣《な》れてきて、黒《くろ》いマントと仮面《かめん》をつけた男《おとこ》がたづなを引《ひ》いているのがわかったの。うわさに聞《き》いていた怪人《かいじん》だと思《おも》って、おそろしくて声《こえ》も出《で》なかった……。そのまま地下《ちか》へとどんどんおりていって、わたしたちは湖《みずうみ》のほとりに着《つ》いたの。」

オペラ座《ざ》が建《た》てられたとき、工事中地下《こうじちゅうちか》から水《みず》がわき出《だ》し、くみ上《あ》げ切《き》れなかったために湖《みずうみ》ができたという話《はなし》をラウールは聞《き》いたことがあった。

「わたしたちは小船《こぶね》に乗《の》って、湖《みずうみ》の向《む》こうにわたったわ。そこが怪人《かいじん》のかくれ家《が》だった。花《はな》でかざり立《た》てられた部屋《へや》が用意《ようい》されていて、そこで怪人《かいじん》が、初《はじ》めて話《はな》しかけてきたの。『クリスティーヌ、こわがらなくていい。』と。その声《こえ》は、音楽《おんがく》の天《てん》使《し》のものだった！　わたし、初《はじ》めてわかったのよ。ずっと歌《うた》を教《おし》えてくれていたのは、天使《てんし》じゃなく、怪人《かいじん》だったと……。」

クリスティーヌがおそろしくて泣《な》き出《だ》すと、怪人《かいじん》はこう言《い》った。

「わたしの名《な》はエリック。おまえを危険《きけん》な目《め》にあわせるつもりなどない。おまえが、この仮面《かめん》に手《て》をふれることさえなければ……。」

それからエリックはクリスティーヌのために服《ふく》や身《み》の回《まわ》りの物《もの》を用意《ようい》し、十分《じゅうぶん》な食事《しょくじ》をあたえた。

エリックの部屋《へや》には大《おお》きなひつぎが置《お》かれ、彼《かれ》は毎晩《まいばん》その中《なか》でねむっていた。

部屋《へや》にはオルガンがあり、ある日《ひ》、エリックはクリスティーヌに一緒《いっしょ》にオペラを歌《うた》うようにと命《めい》じた。

二人《ふたり》でデュエットをするうちに、クリスティーヌはエリックをおそれる気《き》持《も》ちを忘《わす》れていった。それほど彼《かれ》の歌《うた》声《ごえ》はすばらしかった。

歌《うた》いながら、クリスティーヌはすばやくエリックに近《ちか》づくと、仮面《かめん》をはぎ取《と》った。この歌声《うたごえ》の持《も》ち主《ぬし》の素顔《すがお》が見《み》たいという気持《きも》ちをどうしてもおさえられなかった。

そしてクリスティーヌは見《み》てしまった。何世紀《なんせいき》も野《の》ざらしにされたがいこつのような顔《かお》を……。エリックは激《はげ》しくいかり、クリスティーヌのかたをつかんだ。

「さあ、見《み》るがいい！　このおぞましい顔《かお》を！　実《じつ》の母《はは》でさえ見《み》たのは一《いち》度《ど》きりだ！　二度《にど》と見《み》ずにすむように、わたしに仮面《かめん》をあたえたからな！」

エリックは、泣《な》きさけびながら部屋《へや》を出《で》ていった。

クリスティーヌは、このかくれ家《が》には鏡《かがみ》がひとつもないことに気《き》づいていた。生《う》まれつきの姿《すがた》かたちのせいで母《はは》からも愛《あい》されることのなかったエリックは、オペラ座《ざ》の地下《ちか》でただ一人《ひとり》、音楽《おんがく》だけを友《とも》に生《い》きてきたのだ。

エリックはこのときから仮面《かめん》を外《はず》して過《す》ごすようになった。クリスティーヌは恐《きょう》怖《ふ》をこらえてエリックに接《せっ》した。二週間《にしゅうかん》が過《す》ぎたころ、エリックは「必《かなら》ずまた、このかくれ家《が》にもどってくる」とクリスティーヌに約束《やくそく》させたうえで、解放《かいほう》した。

「君《きみ》がそんなおそろしい目《め》にあっていたなんて……。」

話《はなし》を聞《き》き終《お》えたラウールは、ふるえるクリスティーヌにそっと口《くち》づけをした。

その瞬間《しゅんかん》、暮《く》れかけた空《そら》にいなずまが走《はし》った。あらしが近《ちか》づいているらしく雷鳴《らいめい》がとどろき、雨《あめ》が降《ふ》り出《だ》した。二人《ふたり》は屋根裏《やねうら》へとにげこんだ。

消《き》えた歌《うた》ひめ

楽屋《がくや》へ移動《いどう》し、「今夜《こんや》のうちに二人《ふたり》で怪人《かいじん》の手《て》の届《とど》かないところへにげよう。」とラウールは伝《つた》えた。クリスティーヌも、ラウールとならどこへでも行《い》くと答《こた》えた。

「でも出発《しゅっぱつ》は、明日《あした》の公演《こうえん》が終《お》わってからにしてちょうだい。最後《さいご》にもう一度《いちど》だけ、エリックにわたしの歌《うた》を聞《き》かせたいの。」

エリックをおそれる気持《きも》ちとあわれむ気持《きも》ち、そして自分《じぶん》を歌手《かしゅ》として育《そだ》ててくれたことへの感謝《かんしゃ》の思《おも》いがクリスティーヌの中《なか》でせめぎ合《あ》っていた。ラウールはクリスティーヌの望《のぞ》みを聞《き》き入《い》れ、にげるための馬車《ばしゃ》の手配《てはい》を急《いそ》いだ。

翌日《よくじつ》のオペラ座《ざ》の演目《えんもく》は『ファウスト』だった。ラウールは兄《あに》のシャニー伯爵《はくしゃく》とともに出《で》かけ、ヒロインを演《えん》じるクリスティーヌを見守《みまも》った。

オペラ座《ざ》のぶたいに立《た》つのはこれが最後《さいご》と覚《かく》ごしたクリスティーヌは、全力《ぜんりょく》で歌《うた》い上《あ》げていた。最終幕《さいしゅうまく》には天《てん》をあおいで、こう歌《うた》った。

「かがやける天使様《てんしさま》！　どうかわたしを神《かみ》のもとへお連《つ》れください！」

のびやかな歌声《うたごえ》に客席《きゃくせき》がよいしれていたとき、とつぜん、ぶたい上《じょう》の照明《しょうめい》が消《き》えた。だが、それはわずかな時間《じかん》のことで、すぐにぶたいは明《あか》るくなった。すると、クリスティーヌがいなくなっていた。客席《きゃくせき》はざわめき、すぐに劇場《げきじょう》の職員《しょくいん》たちやラウールがさがし回《まわ》ったが、オペラ座《ざ》のどこにもクリスティーヌの姿《すがた》はなかった。

何千人《なんぜんにん》もの観客《かんきゃく》の目《め》の前《まえ》から、いっしゅんのうちに消《き》えてしまったのだ。

第《だい》4章《しょう》

消《き》えたクリスティーヌ

警視《けいし》のすいり

必死《ひっし》でクリスティーヌをさがすラウールは、オペラ座《ざ》の支配人室《しはいにんしつ》へ向《む》かった。すると警察《けいさつ》がかけつけており、支配人《しはいにん》のリシャールとモンシャルマンが、ミハロフという警視《けいし》に事情《じじょう》を話《はな》していた。ラウールは、

「警視《けいし》、クリスティーヌは怪人《かいじん》に連《つ》れ去《さ》られたにちがいありません。」

と切《き》り出《だ》し、エリックについて知《し》っていることをすべてミハロフ警視《けいし》に話《はな》した。おそらくエリックは、自分《じぶん》とクリスティーヌがパリからにげようと話《はな》しているのをどこかで聞《き》いていたのだろう。彼《かれ》なら、人《ひと》に姿《すがた》を見《み》せずに近《ちか》づくこともできると、ラウールはうったえた。

ミハロフ警視《けいし》は、怪人《かいじん》のしわざだという話《はなし》が信《しん》じられないようで、あきれ顔《がお》で聞《き》いていた。しかし支配人《しはいにん》たちはラウールの言《い》う通《とお》りだとさわぎ出《だ》し、五番《ごばん》ボックス席《せき》で怪人《かいじん》の声《こえ》を聞《き》いたことや赤《あか》インクで書《か》かれたきょうはく状《じょう》のことをまくし立《た》てた。そこに警視《けいし》の部下《ぶか》が入《はい》ってきて、小声《こごえ》で何《なに》かを報告《ほうこく》した。

「やはりそうか。」

つぶやくと、警視《けいし》はラウールのほうに向《む》き直《なお》った。

「お兄様《にいさま》はどちらへ?」

「そういえば、見当《みあ》たりませんね……。」

「おそらく、あなたのお兄様《にいさま》、シャニー伯爵《はくしゃく》がクリスティーヌさんを連《つ》れ去《さ》ったのでしょう。」

警視《けいし》のすいりはこうだ。伯爵《はくしゃく》は、ラウールがクリスティーヌと恋《こい》に落《お》ち、二人《ふたり》でにげようとしていることを知《し》った。伯爵《はくしゃく》は、名門《めいもん》シャニー家《け》の次男《じなん》であるラウールと歌手《かしゅ》のクリスティーヌの恋《こい》をゆるすことなどできない。そこで伯爵《はくしゃく》は、身分《みぶん》ちがいの恋《こい》を引《ひ》きさくためにクリスティーヌを連《つ》れ去《さ》った……。

「そんな、まさか！」と、ラウールがさけんでも警視《けいし》は平然《へいぜん》としていた。

「部下《ぶか》によると、お兄様《にいさま》の馬車《ばしゃ》はブリュッセルに向《む》かう街道《かいどう》を通《とお》ったようです。」

それならばすぐにあとを追《お》おうと、ラウールは支配人室《しはいにんしつ》を飛《と》び出《だ》した。

ペルシャ人《じん》

ろうかを走《はし》るラウールの前《まえ》に、大《おお》きな人《ひと》かげが立《た》ちはだかった。

「どちらへ行《い》かれるのです？」

ラウールは何度《なんど》かその男性《だんせい》をオペラ座《ざ》で見《み》かけたことがあった。えんび服姿《ふくすがた》に毛《け》糸《いと》のふちなしぼうしという変《か》わった服装《ふくそう》で、はだは浅黒《あさぐろ》く、ひすいのように目《め》が美《うつく》しい。オペラ座《ざ》の客《きゃく》たちは彼《かれ》のうわさをするとき、「ペルシャ人《じん》」と呼《よ》んでいた。

「失礼《しつれい》ですが、あなたと話《はなし》をしているひまはありません。」

「クリスティーヌさんなら、オペラ座《ざ》の中《なか》にいますよ。」

そう言《い》い切《き》られてラウールは足《あし》をとめた。

「わたしも今日《きょう》、公演《こうえん》を見《み》ていました。あんなゆうかいをやってのけられるのは、彼《かれ》以外《いがい》にいません。」

「エリックを、よく知《し》っているんですね？」

「しっ！　名前《なまえ》は口《くち》にせず、〝彼《かれ》〟と呼《よ》ぶことにしましょう。そのほうが気《き》づかれる心配《しんぱい》が少《すく》ない。」

「……彼《かれ》は、今《いま》もぼくらのそばにいるんですか？」

「わかりませんが、かべの中《なか》でもゆか下《した》でも天井裏《てんじょううら》でも、彼《かれ》ならどこにいても不思《ふし》議《ぎ》はない。さあ、かくれ家《が》にお連《つ》れしましょう。」

怪人《かいじん》の存在《そんざい》を信《しん》じない警視《けいし》よりも、ペルシャ人《じん》をたよったほうがいいとラウールは思《おも》い、ついて行《い》くことにした。ペルシャ人《じん》は、ラウールが通《とお》ったこともない階段《かいだん》をいくつものぼりおりして、クリスティーヌの楽屋《がくや》にたどり着《つ》いた。

「オペラ座《ざ》のことをよくご存知《ぞんじ》なんですね。」

「彼《かれ》ほどではありませんよ。」

部屋《へや》に入《はい》ると、ペルシャ人《じん》は拳銃《けんじゅう》を二《に》ちょう取《と》り出《だ》し、ラウールに一《いっ》ちょうわたした。

「用心《ようじん》のためにこれを。まずは地下《ちか》におりましょう。」

そう言《い》ってペルシャ人《じん》はかべのあちこちをさわり始《はじ》めた。そして「ここだ。」とつぶやき、かべ紙《がみ》のもようのはしを指《ゆび》でおしてから、姿見《すがたみ》の前《まえ》に立《た》った。ラウールの目《め》の前《まえ》でクリスティーヌが通《とお》りぬけた、あの鏡《かがみ》だった。

「ここから秘密《ひみつ》の通路《つうろ》へ出《で》られます。裏《うら》におもりが下《さ》がっていて、それが動《うご》くと鏡《かがみ》が回転《かいてん》するんです。」

ペルシャ人《じん》が手《て》で押《お》すと、鏡《かがみ》は回転《かいてん》とびらのように回《まわ》り出《だ》した。その動《うご》きに巻《ま》きこまれ、二人《ふたり》は明《あか》るい楽《がく》屋《や》から暗《くら》がりの中《なか》へ放《ほう》り出《だ》された。

オペラ座《ざ》の地下《ちか》

鏡《かがみ》の向《む》こう側《がわ》のろうかで、ペルシャ人《じん》は用意《ようい》してきたランタンをつけた。

「こちらです。銃《じゅう》は常《つね》に構《かま》えていてください。」

二人《ふたり》はいつでも銃《じゅう》をうてる体勢《たいせい》で歩《ある》き出《だ》した。ランタンの弱《よわ》い光《ひかり》をたよりに地下《ちか》へおりていくと、ふいに、何《なに》かが足《あし》に当《あ》たった。

「ここに、何《なに》か大《おお》きなものが……。」

ラウールが言《い》うと、ペルシャ人《じん》がランタンを向《む》けた。すると、大《だい》の字《じ》でたおれた男《おとこ》の姿《すがた》がぼんやりとうかび上《あ》がった。ラウールは思《おも》わずさけび声《ごえ》をあげた。

「し、死《し》んでる！」

「静《しず》かに。」

ペルシャ人《じん》は小声《こごえ》で言《い》った。

「彼《かれ》のしわざだ。」

そしてたおれた男《おとこ》に近《ちか》づくと、かがんで口元《くちもと》に手《て》をやった。

「……大丈夫《だいじょうぶ》。息《いき》があります。おそらく、ますいをかがされたんでしょう。この男《おとこ》はぶたいの照明係《しょうめいがかり》ですよ。」

エリックは照明係《しょうめいがかり》をねむらせてぶたいの明《あ》かりを消《け》し、クリスティーヌをゆうかいしたというのだ。さらに先《さき》に進《すす》みながらペルシャ人《じん》が言《い》った。

「このまま地下五階《ちかごかい》までおりていくと湖《みずうみ》があります。その向《む》こうに彼《かれ》のかくれ家《が》があるんです。」

クリスティーヌから聞《き》いた通《とお》りなので、ラウールはうなずいた。

「ですが、彼以外《かれいがい》の人間《にんげん》が湖《みずうみ》をわたることは決《けっ》してできません。しかけがあって、小船《こぶね》ごと水中《すいちゅう》に引《ひ》きこまれてしまうんです。」

「だったら、ぼくらはどうやって彼《かれ》のかくれ家《が》に行《い》くんですか?」

「上《うえ》から飛《と》びおりて、中《なか》に入《はい》るんですよ。」

ペルシャ人《じん》について行《い》くと、地下三階《ちかさんがい》の大道具《おおどうぐ》がたくさん並《なら》ぶ部屋《へや》に着《つ》いた。

「ここはぶたいの真下《ました》。*奈落《ならく》です。大道具係《おおどうぐがかり》のジョゼフはここで死《し》んでいました。」

「ああ、あの首《くび》をつって自殺《じさつ》したという……。」

「自殺《じさつ》ということになってはいますがね……。」

言《い》いながらペルシャ人《じん》は奈落《ならく》を取《と》り囲《かこ》む石《いし》かべにふれた。そして、かべにはめられた石《いし》を順番《じゅんばん》におしていった。また何《なに》かしかけをさがしているのだろうとラウールが見《み》ているうちに、ひとつの石《いし》が音《おと》を立《た》てて動《うご》き、かべにせまい穴《あな》が開《あ》いた。二人《ふたり》は身《み》をかがめてその穴《あな》に入《はい》った。ペルシャ人《じん》はゆかをさすりながら少《すこ》し前《まえ》に進《すす》むと、ランタンを消《け》して言《い》った。

「このすき間《ま》から飛《と》びおります。わたしが先《さき》に行《い》きましょう。」

ペルシャ人《じん》がわずかなすき間《ま》から下《した》へ飛《と》びおりると、ドスンと音《おと》がした。ラウールもあとに続《つづ》いたが、下《した》におりても、真《ま》っ暗《くら》で何《なに》も見《み》えなかった。

*奈落《ならく》……地獄《じごく》。どん底《そこ》。ここでは、劇場《げきじょう》のぶたいのゆか下《した》のこと。

ペルシャ人《じん》はまたランタンをつけ、頭《あたま》の上《うえ》を照《て》らした。すると、二人《ふたり》が通《とお》って来《き》たすき間《ま》が音《おと》を立《た》てて閉《と》じてしまった。これでもう、後《あと》もどりはできない。

ラウールは、ランタンの明《あ》かりがかべに映《うつ》っていることに気《き》づいた。

「このかべは……鏡《かがみ》じゃないか。」

二人《ふたり》が飛《と》びおりた部屋《へや》は、かべ一面《いちめん》が鏡《かがみ》でおおわれていた。それがわかると、ペルシャ人《じん》は苦《くる》しげな声《こえ》で言《い》った。

「しまった！　わたしたちは……『責《せ》め苦《く》の部屋《へや》』に入《はい》ってしまった！」

ここはエリックが発明《はつめい》した拷問部屋《ごうもんべや》なのだとペルシャ人《じん》は言《い》う。

「まちがいない。わが国《くに》にあったものと同《おな》じだ。」

そしてペルシャ人《じん》はエリックとの出会《であ》いについて語《かた》り始《はじ》めた。

エリックの過去《かこ》

エリックはかつて旅芸人《たびげいにん》の一座《いちざ》にいた。天才《てんさい》マジシャンとして知《し》られ、トリックを発明《はつめい》しては、ヨーロッパからアジアの各地《かくち》を回《まわ》ってひろうしていたのだ。

そのうわさはペルシャ王国《おうこく》にまで届《とど》いた。王《おう》はエリックを招《まね》くと、宮殿《きゅうでん》の建《た》てかえに協力《きょうりょく》するようたのんだ。建築家《けんちくか》でもあったエリックに、たくさんのしかけを考《かんが》えさせたのだ。

エリックは宮殿内《きゅうでんない》の思《おも》いもよらないような場所《ばしょ》にぬけ道《みち》をつくり、かべの中《なか》や天井裏《てんじょううら》に身《み》をかくせる場所《ばしょ》をたくさんつくった。このおかげで王《おう》は、宮殿《きゅうでん》を訪《たず》ねてきた人々《ひとびと》の話《はなし》をぬすみ聞《ぎ》きして、本心《ほんしん》を知《し》ることができるようになった。そして、この方法《ほうほう》で聞《き》き出《だ》したことをもとに、多《おお》くの人々《ひとびと》の命《いのち》をうばった。

エリックは、王《おう》の命令《めいれい》で宮殿内《きゅうでんない》に「責《せ》め苦《く》の部屋《へや》」もつくった。罪《つみ》を犯《おか》した者《もの》や王《おう》のいかりを買《か》った人々《ひとびと》がそこに入《い》れられ、拷問《ごうもん》を受《う》けて死《し》んでいった。

当時《とうじ》ペルシャ人《じん》は警察官《けいさつかん》だった。ある日《ひ》、王《おう》に呼《よ》び出《だ》されたペルシャ人《じん》は、エリックを殺《ころ》すようにと命令《めいれい》された。

「あいつはわが宮殿《きゅうでん》の秘密《ひみつ》をすべて知《し》っている。それを他国《たこく》にばらされるようなことがあっては大変《たいへん》だ。」

ペルシャ人《じん》はエリックに同情《どうじょう》した。彼《かれ》は王《おう》にしたがっただけだからだ。そこでペルシャ人《じん》は、王《おう》には「確《たし》かに殺《ころ》した。」とうその報告《ほうこく》をし、エリックをにがした。

その後《ご》、ペルシャ人《じん》は警察《けいさつ》を辞《や》め、パリで暮《く》らすようになった。そしてオペラ座《ざ》の怪人《かいじん》のうわさを聞《き》き、その正体《しょうたい》はエリックではないかと考《かんが》えた。ペルシャ人《じん》はオペラ座《ざ》に通《かよ》っては、怪人《かいじん》のことを調《しら》べた。

エリックは、クリスティーヌの楽屋《がくや》のかべに細工《さいく》をして、そこから声《こえ》を聞《き》かせ、音楽《おんがく》の天使《てんし》としてクリスティーヌに歌《うた》を教《おし》えていた。ペルシャ王国《おうこく》にいたころ、エリックは歌《うた》の名手《めいしゅ》としても知《し》られていた。ペルシャ人《じん》は音楽《おんがく》の天使《てんし》の歌声《うたごえ》を聞《き》いて、エリックだと確信《かくしん》した。

さらにオペラ座《ざ》の地下《ちか》の湖《みずうみ》の向《む》こうに、エリックのかくれ家《が》を発見《はっけん》した。ペルシャ人《じん》は、湖《みずうみ》を小船《こぶね》でわたろうとしたが、しかけにかかって水《みず》の中《なか》に引《ひ》きこまれた。あやうく死《し》にかけたが、ペルシャ人《じん》はエリックによって助《たす》けられた。おぼれているのは自分《じぶん》の命《いのち》の恩人《おんじん》だとエリックが気《き》づいたからだ。そして、エリックはオペラ座《ざ》の怪人《かいじん》となったいきさつをペルシャ人《じん》に話《はな》して聞《き》かせた。

エリックはパリに来《き》て、オペラ座《ざ》の設計《せっけい》をうけおうことになった。そのときに、

オペラ座内《ざない》に多《おお》くのしかけをほどこした。
みにくい容姿《ようし》に苦《くる》しみ続《つづ》けてきたため、地下《ちか》にかくれ家《が》をつくり、人目《ひとめ》をさけて暮《く》らそうと決《き》めた。しかけを使《つか》って人々《ひとびと》をおどろかし、「おそろしい力《ちから》を持《も》った怪人《かいじん》が住《す》みついている。」と信《しん》じこませ、だれもかくれ家《が》に近《ちか》よらないようにしたのだった。

第《だい》5章《しょう》 責《せ》め苦《く》の部屋《へや》

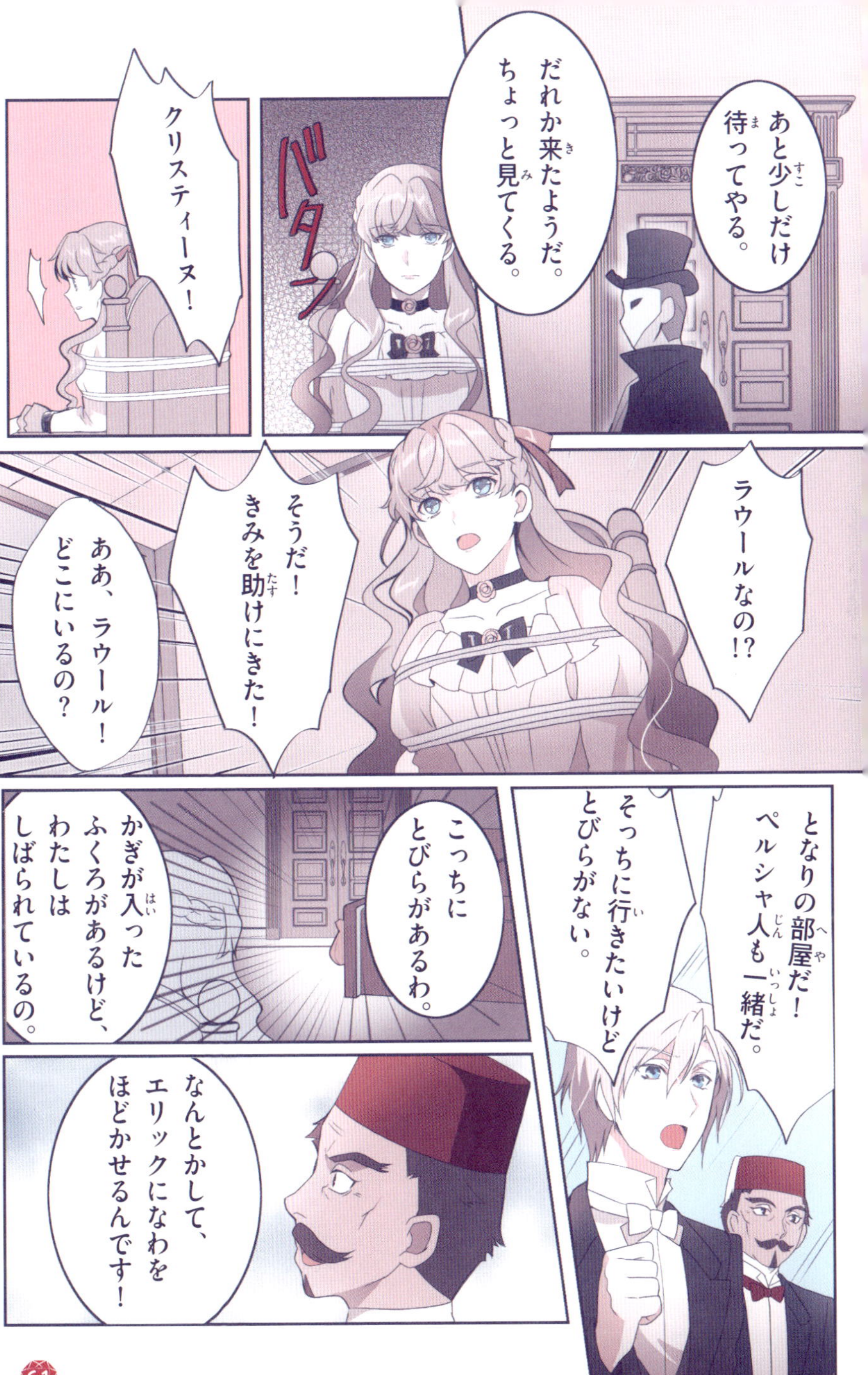

あと少《すこ》しだけ待《ま》ってやる。
だれか来《き》たようだ。ちょっと見《み》てくる。
バタン
クリスティーヌ!
ラウールなの!?
そうだ! きみを助《たす》けにきた!
ああ、ラウール! どこにいるの?
となりの部屋《へや》だ! ペルシャ人《じん》も一緒《いっしょ》だ。
そっちに行《い》きたいけどとびらがない。
こっちにとびらがあるわ。
かぎが入《はい》ったふくろがあるけど、わたしはしばられているの。
なんとかして、エリックになわをほどかせるんです!

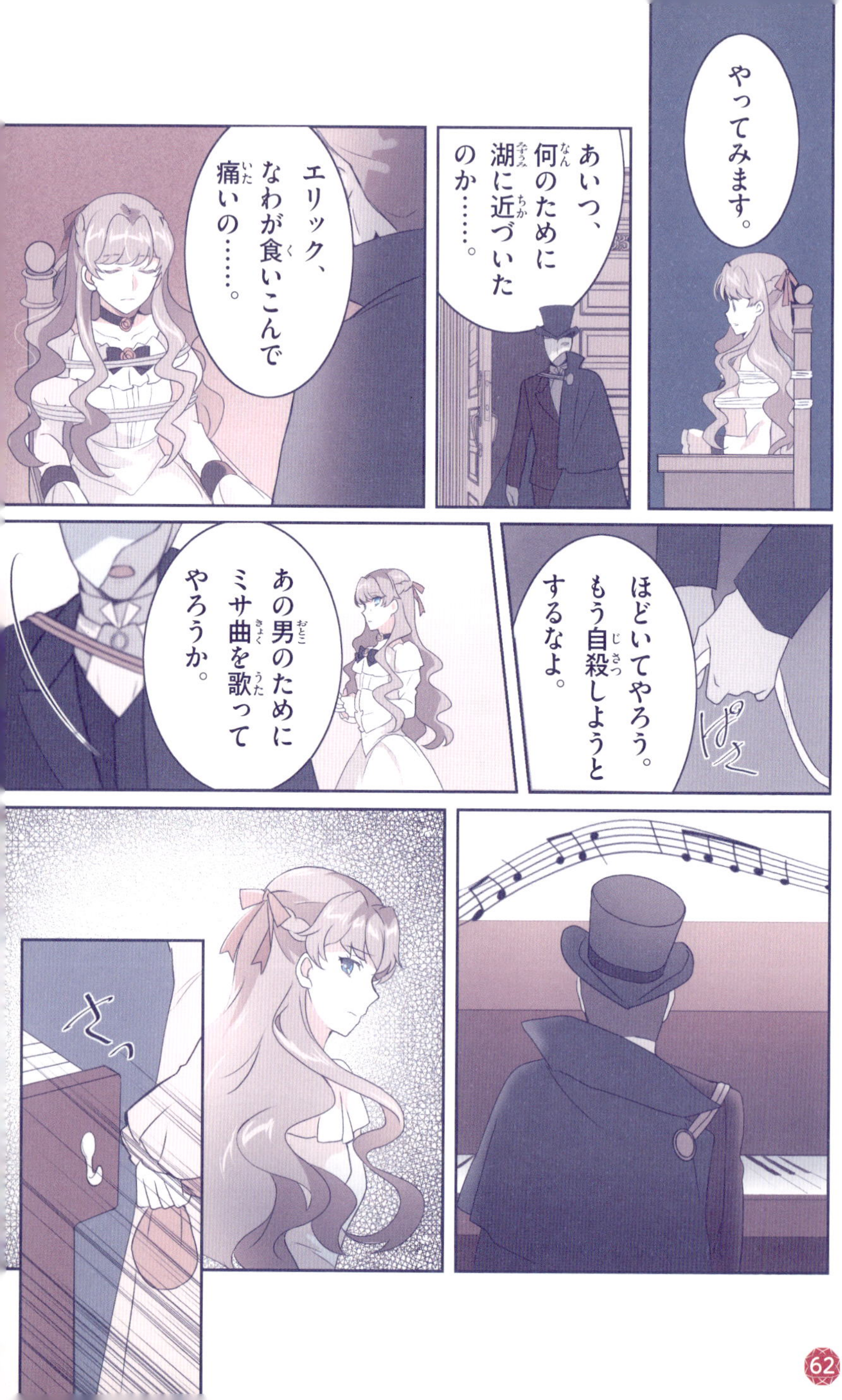
やってみます。
あいつ、何《なん》のために湖《みずうみ》に近《ちか》づいたのか……。
エリック、なわが食《く》いこんで痛《いた》いの……。
ほどいてやろう。もう自殺《じさつ》しようとするなよ。
ぱさ
あの男《おとこ》のためにミサ曲《きょく》を歌《うた》ってやろうか。
さっ

そのふくろを
どうするつもりだ？
拷問部屋《ごうもんべや》のかぎ
なんかとって……。
さては、あの男《おとこ》が
かべの向《む》こうにいるんだな？
ちがう！
うそをつくな！
あの男《おとこ》をにがそうと
しているんだろう？
こうすれば
すぐにわかるさ……。
ガシャーン
これで
拷問部屋《ごうもんべや》のしかけが
動《うご》き出《だ》す。
!!

だれもいないわ！
その小窓《こまど》をのぞいてみろ！
コッ
すっ
うっ、まぶしい……。天井《てんじょう》から熱《ねつ》が!?
エリックが拷問《ごうもん》のスイッチを入《い》れた！
熱《あつ》い！焼《や》け死《し》にそうだ!!
うう……。

中《なか》には
だれもいない！
スイッチを切《き》って！
だったら
切《き》らなくても
いいだろ？
中《なか》に森《もり》が
見《み》えただろう。
真《ま》ん中《なか》の柱《はしら》が
鏡《かがみ》に映《うつ》って
密林《みつりん》のように
見《み》えるのさ。
天井《てんじょう》の熱《ねつ》を鏡《かがみ》が反射《はんしゃ》し、
中《なか》は地《じ》ごくのような
暑《あつ》さになる。
中《なか》にいる者《もの》は、しゃく熱《ねつ》の
森《もり》に迷《まよ》いこんだげん覚《かく》を
見《み》るというわけさ……。
お願《ねが》いだから
スイッチを
切《き》って！
もうやめて！

熱《あつ》い……!
のどが焼《や》けつく!
水《みず》……水《みず》を……!
エリックがつくったものなら、
どこかにだっ出《しゅつ》のしかけがあるはずだ……。
!
グイ
これだ!!
開《ひら》いた!
こっちです!ラウールさん!
助《たす》かった……。
地下《ちか》への階段《かいだん》か……。

なんだ この部屋《へや》は？
中身《なかみ》は？ ワインじゃ なさそうだ……。
ザラッ
これは…… 火薬《かやく》だ!!
この部屋《へや》は火薬庫《かやくこ》だ！ これに火《ひ》がつけば オペラ座《ざ》ごとふっとぶぞ！

サソリかバッタか？

ラウールたちが責《せ》め苦《く》の部屋《へや》にもどると、明《あ》かりが消《き》え、密林《みつりん》は消《き》えていた。かべの向《む》こうでは、エリックがクリスティーヌに、自分《じぶん》とけっこんするかどうかを夜十一時《よるじゅういちじ》までに決《き》めるようにせまっていた。ことわれば、地下《ちか》の大量《たいりょう》の火薬《かやく》をばくはつさせるつもりだと言《い》う。十一時《じゅういちじ》と言《い》えばオペラ座《ざ》に観客《かんきゃく》がつめかけている時間《じかん》だ。大《だい》ばくはつが起《お》これば、オペラ座《ざ》はがれきの山《やま》となり、観客《かんきゃく》たちも大勢《おおぜい》ぎせいになるだろう。

クリスティーヌは求婚《きゅうこん》*を受《う》けるはずがないとラウールは思《おも》った。十一時《じゅういちじ》までに何《なん》とかしなくては、すべてが終《お》わってしまう。まぼろしの密林《みつりん》をさまよい歩《ある》いていた時間《じかん》は、何時間《なんじかん》にも何十時間《なんじゅうじかん》にも思《おも》え、自分《じぶん》たちにどれだけの時間《じかん》が残《のこ》されているのか見当《けんとう》もつかなかった。

＊求婚《きゅうこん》……けっこんを申《もう》しこむこと。

かくれ家《が》では、クリスティーヌとエリックが向《む》かい合《あ》っていた。

「あと二分《にふん》だ、クリスティーヌ。答《こた》えは決《き》まったか？」

エリックはクリスティーヌに黒《くろ》い箱《はこ》を手《て》わたした。中《なか》には青銅《せいどう》でできたサソリとバッタが取《と》りつけられていた。

「わたしの妻《つま》になるのならばサソリを、ことわるというならバッタを回《まわ》せ。バッタを回《まわ》せば火薬《かやく》に火《ひ》が着《つ》き、われわれはいっしゅんでふき飛《と》ぶ。サソリを回《まわ》せば、火薬《かやく》はすべて水《みず》につかり、使《つか》い物《もの》にならなくなる。」

「エリック！　ばかなことは止《や》めろ！」

かべごしにペルシャ人《じん》がどなる声《こえ》がした。

「わたしは、おまえの命《いのち》を救《すく》ってやったじゃないか！」

「クリスティーヌ！　クリスティーヌ！」

ラウールの悲痛《ひつう》なさけび声《ごえ》も聞《き》こえる。

クリスティーヌはサソリとバッタをじっと見《み》つめた。

もしサソリを回《まわ》せば、この先《さき》の人生《じんせい》をエリックの妻《つま》として生《い》きていかなければならない。しかしバッタを回《まわ》せば、多《おお》くの人《ひと》の死《し》を招《まね》くことになる。オペラ座《ざ》にいるすべての人々《ひとびと》の、そして愛《あい》するラウールの命《いのち》までも、自分《じぶん》がうばうことになる。

迷《まよ》い、苦《くる》しむクリスティーヌの頭《あたま》の中《なか》に、責《せ》め苦《く》の部屋《へや》で苦《くる》しむラウールの姿《すがた》がよみがえってきた。愛《あい》する人《ひと》を助《たす》けたい……。その思《おも》いがクリスティーヌの胸《むね》につき上《あ》げたとき、エリックが時計《とけい》を見《み》た。

「……十一時《じゅういちじ》だ。おまえが決《き》められないなら、わたしが回《まわ》してやる……。これで、何《なに》もかも終《お》わる。」

エリックがバッタのほうに手《て》をのばそうとしたそのとき、カチリと音《おと》がした。

クリスティーヌがサソリを回《まわ》したのだ。

「あなたの……妻《つま》になります。」

まっすぐにエリックを見《み》つめてクリスティーヌは言《い》った。

エリックはしばらく身動《みうご》きもしなかった。クリスティーヌの言葉《ことば》が信《しん》じられなかったのだろう。やがてクリスティーヌに近《ちか》づくと、仮面《かめん》を外《はず》した。

「愛《あい》する妻《つま》よ……。」

がいこつのような顔《かお》が近《ちか》づいてくると、死《し》を思《おも》わせるにおいがした。それでもクリスティーヌは身《み》を引《ひ》くことはなかった。

エリックは、クリスティーヌのほおにキスをした。

そのくちびるがふるえているのが、クリスティーヌにははっきりとわかった。

「かわいそうなエリック。ずっと、苦《くる》しかったのね……。」

そのころ責《せ》め苦《く》の部屋《へや》では、ラウールたちがゴゴゴッという音《おと》を耳《みみ》にしていた。

「水《みず》だ！」

ゆかに開《あ》いた穴《あな》を指《さ》してペルシャ人《じん》がさけんだ。

ばくはつをとめるための水《みず》が地下《ちか》から上《あ》がってきている。その勢《いきお》いはすさまじく、あっという間《ま》にラウールたちのこしの高《たか》さに届《とど》き、かたをこえて頭《あたま》の上《うえ》に達《たっ》した。

二人《ふたり》とも必死《ひっし》に泳《およ》いで息《いき》をつないでいたが、水《みず》は早《はや》くも天井《てんじょう》に届《とど》きそうになっていた。もがき苦《くる》しみ、声《こえ》をあげることもできずに、ラウールとペルシャ人《じん》は水中《すいちゅう》にしずんでいった。

第《だい》6章《しょう》 怪《かい》人《じん》の愛《あい》

おくり物《もの》

目覚《めざ》めたとき、ラウールはソファにねかされていた。そばのベッドではペルシャ人《じん》がねむり、その顔《かお》をエリックが見《み》おろしていた。

この光景《こうけい》が現実《げんじつ》なのかどうかラウールにはすぐにはわからなかった。おそらく自《じ》分《ぶん》はまだエリックのかくれ家《が》にいるのだろうが、ごくふつうの家具《かぐ》が並《なら》ぶ部屋《へや》の中《なか》を見《み》ていると、オペラ座《ざ》の地下《ちか》にこんな場所《ばしょ》があるとは信《しん》じられない気《き》がした。

「気《き》がついたか。」

エリックがラウールをふり返《かえ》って言《い》った。仮面《かめん》をつけたエリックは、ラウールのほうに歩《あゆ》みよってささやいた。

「心配《しんぱい》するな。すぐに地上《ちじょう》にもどしてやる。わたしの妻《つま》を喜《よろこ》ばせるためにな……。」

そこへクリスティーヌが紅茶《こうちゃ》を運《はこ》んできた。

「ラウール、これで体《からだ》を温《あたた》めて。」

カップを手《て》わたすクリスティーヌを、エリックはだまって見《み》つめていた。そして、ポケットから金《きん》の指輪《ゆびわ》を取《と》り出《だ》すと、クリスティーヌの手《て》ににぎらせた。

「……これをやろう。お前《まえ》とその男《おとこ》のために。わたしからのけっこん祝《いわ》いだ。」

クリスティーヌはおどろき、言葉《ことば》を失《うしな》った。

「本当《ほんとう》に愛《あい》する相手《あいて》と結《むす》ばれるがいい。

パリをはなれ、どこか遠《とお》くでな……。」

自由《じゆう》になれる。ラウールと二人《ふたり》で幸《しあわ》せになれる。

やっとそう理解《りかい》できたクリスティーヌは、ラウールのうでに飛《と》びこんだ。

エリックの遺言《ゆいごん》

ペルシャ人《じん》はその後《ご》、自宅《じたく》のベッドで意識《いしき》を取《と》りもどした。

（エリックが助《たす》けてくれたのか？　ラウールとクリスティーヌは？）

ペルシャ人《じん》はすぐにめし使《つか》いに命《めい》じて、ラウールの屋《や》しきを訪《たず》ねさせた。だがラウールはもどっておらず、留守《るす》を預《あず》かる使用人《しようにん》が、兄《あに》のシャニー伯爵《はくしゃく》が亡《な》くなったとなみだにくれていたという。遺体《いたい》はオペラ座《ざ》の地下《ちか》で見《み》つかったという話《はなし》だった。

ペルシャ人《じん》は責《せ》め苦《く》の部屋《へや》にいたときのことを思《おも》い出《だ》した。確《たし》かエリックは「湖《みずうみ》にだれか来《き》た。」と言《い》っていた。あれはきっとシャニー伯爵《はくしゃく》だったのだ。

ペルシャ人《じん》の体《からだ》が回復《かいふく》し始《はじ》めたころ、来客《らいきゃく》があった。マント姿《すがた》でぼうしを深《ふか》くかぶっていたが、すぐにエリックだとわかった。エリックはかべに手《て》をそえていなければ歩《ある》けないほど、体《からだ》が弱《よわ》っていた。

シャニー伯爵《はくしゃく》のことをたずねると、エリックは、あれは事故《じこ》だったと答《こた》えた。

「ラウールがクリスティーヌとにげようとしていると思《おも》って馬車《ばしゃ》で追《お》ったが見《み》つからず、オペラ座《ざ》にもどってさがしていたんだろう。そうするうちに地下《ちか》の湖《みずうみ》にたどり着《つ》き、落《お》ちておぼれたというわけさ。飛《と》びこんで助《たす》けようとしたが、間《ま》に合《あ》わなかった。」

「ラウールとクリスティーヌはどこに？」

「今《いま》ごろ、どこかでけっこんしているだろう。」

エリックが二人《ふたり》を自由《じゆう》にさせたと知《し》って、ペルシャ人《じん》は大《おお》いにおどろいた。

「なぜだ？　なぜ心変《こころが》わりを？」

「彼女《かのじょ》は……わたしの口《くち》づけをこばまなかった……。あの日《ひ》、わたしは生《う》まれて初《はじ》めてキスをしたんだ。みにくいわたしのキスは、母親《ははおや》にさえも受《う》け入《い》れられなかった。だが彼女《かのじょ》はわたしがキスをしても、いやがるそぶりもみせず、『かわいそうなエリック』となみだを流《なが》して……わたしのひたいにキスを返《かえ》してくれた……。」

そのキスが、こおったエリックの心《こころ》をとかしたのだ。エリックはすぐに責《せ》め苦《く》の部屋《へや》に流《なが》れこむ水《みず》をとめて、ラウールとペルシャ人《じん》を助《たす》け出《だ》した。

「わたしは小《ちい》さな村《むら》のありふれた家庭《かてい》に生《う》まれた。父《ちち》も母《はは》も、決《けっ》してわたしを愛《あい》そうとはしなかった……。それで家《いえ》を飛《と》び出《だ》し、えん日《にち》の見世物小屋《みせものごや》で働《はたら》くことにした。座長《ざちょう》は大喜《おおよろこ》びだったよ。がいこつのようなわたしに『生《い》きる死体《したい》』という名前《なまえ》をつけて売《う》り出《だ》し、たっぷり金《かね》をかせいだんだ。その一座《いちざ》でわたしは歌《うた》やトリックを身《み》につけた。ペルシャに招《まね》かれてからのことは、おまえも知《し》っている通《とお》りだ。」

話《はな》しつかれたエリックは、深《ふか》いため息《いき》をついた。

「別《わか》れ際《ぎわ》にクリスティーヌと、ひとつ約束《やくそく》をした。わたしが死《し》んだら、遺体《いたい》をオペラ座《ざ》の地下《ちか》にうめてほしいと……。」

エリックの悲《かな》しい身《み》の上《うえ》を知《し》り、ペルシャ人《じん》はなんと言葉《ことば》をかけてよいかわから

なかった。エリックはよろよろと立《た》ち上《あ》がると、ドアのほうに向《む》かいながら言《い》った。

「そのときが来《き》たら、おまえに手紙《てがみ》を書《か》こう。何《なん》とかして、クリスティーヌにも知《し》らせてほしい。」

それから三週間後《さんしゅうかんご》、ペルシャ人《じん》はエリックからの手紙《てがみ》を受《う》け取《と》った。そして、新聞《しんぶん》に広告《こうこく》をのせた。

『エリックは死《し》んだ』と……。

物語《ものがたり》について知《し》ろう！

世界《せかい》有数《ゆうすう》の大劇場《だいげきじょう》

オペラ座《ざ》は、伝統《でんとう》の様式《ようしき》をとり入《い》れた美《うつく》しい建築設計《けんちくせっけい》やごうかな内装《ないそう》、その大《おお》きさで世界《せかい》でも有数《ゆうすう》の大劇場《だいげきじょう》と言《い》われています。ぶたい裏《うら》は迷路《めいろ》のように入《い》り組《く》んでおり、そのさまは物語《ものがたり》の中《なか》にも生《い》かされています。

物語《ものがたり》の着想《ちゃくそう》

オペラ座《ざ》の建設中《けんせつちゅう》、建設地《けんせつち》の下《した》から地下水《ちかすい》がわき出《だ》し、くみ出《だ》さなければならなくなりました。大変《たいへん》な作業《さぎょう》だったので死《し》んだ人《ひと》もおり、幽霊《ゆうれい》が出《で》るといううわさが立《た》ちました。作者《さくしゃ》のガストン・ルルーは、そんなところからこの物語《ものがたり》を思《おも》いついたと言《い》われています。

ガストン・ルルーについて

1868～1927年《ねん》

フランスのパリで生《う》まれたルルーは、大学《だいがく》で法学《ほうがく》を学《まな》び、弁護士《べんごし》の仕事《しごと》につきます。その後《ご》、報道《ほうどう》の世界《せかい》に入《はい》り、記者《きしゃ》として活躍《かつやく》しました。

そして作家《さっか》へ

記者《きしゃ》として海外《かいがい》を飛《と》び回《まわ》る暮《く》らしを10年《ねん》以上《いじょう》続《つづ》けたのち、作家《さっか》に。『オペラ座《ざ》の怪人《かいじん》』や『黄色《きいろ》い部屋《へや》の秘密《ひみつ》』を新聞《しんぶん》に連載《れんさい》します。

映画《えいが》やミュージカルに

1916年《ねん》の映画化《えいがか》をはじめ、世界中《せかいじゅう》で何度《なんど》も映画《えいが》やミュージカルになっています。なかでもイギリスの作曲家《さっきょくか》アンドリュー・ロイド・ウェバーが手《て》がけたミュージカルは、高《たか》い人気《にんき》を博《はく》しました。

＜参考文献《さんこうぶんけん》＞

・『オペラ座《ざ》の怪人《かいじん》』平岡敦《ひらおかあつし》訳《やく》、光文社《こうぶんしゃ》古典新訳《こてんしんやく》文庫《ぶんこ》、2013年《ねん》
・『オペラ座《ざ》の怪人《かいじん》』村松定史《むらまつさだふみ》訳《やく》、集英社《しゅうえいしゃ》、1996年《ねん》

ドラキュラ

もくじ

キャラクター紹介《しょうかい》

物語《ものがたり》の中心《ちゅうしん》となるキャラクターを紹介《しょうかい》します。

ジョナサン・ハーカー

イギリス・ロンドンの弁護《べんご》士《し》。ロンドンに土地《とち》と家《いえ》を買《か》いたいと言《い》うドラキュラ伯爵《はくしゃく》とのけいやくのため、イギリスのはるか東《ひがし》にあるルーマニアを訪《おとず》れる。

ドラキュラ

東《ひがし》ヨーロッパにあるルーマニアのトランシルバニア地《ち》方《ほう》に住《す》む伯爵《はくしゃく》。

ミナ・マリー

ジョナサンのこんやく者《しゃ》。ルーマニアに旅《たび》立《だ》ったジョナサンをロンドンで待《ま》っている。勇《ゆう》かんな心《こころ》の持《も》ち主《ぬし》。

第《だい》1章《しょう》 ドラキュラの屋《や》しきへ

ヒソ
ヒソ
……?
ロンドン（イギリス）
ルーマニア
数日前《すうじつまえ》イギリスロンドン
えっルーマニア!?

ああ、ドラキュラ伯爵《はくしゃく》という人《ひと》が、ロンドンに家《いえ》を買《か》うことになってね。
その手《て》続《つづ》きをしに行《い》くんだ。
そんなに遠《とお》くまでお仕事《しごと》に……。
ジョナサンのこんやく者《しゃ》
ミナ・マリー
ルーマニアってどんなところなのかしら?
いろいろな民族《みんぞく》が住《す》んでいるらしい。
何《なに》より景色《けしき》がとてもいいらしいよ。

君《きみ》に会《あ》えないのはさみしいけど、ぼくはちょっと楽《たの》しみなんだ。
わたしもさみしいわ、ジョナサン。
……。
そんな遠《とお》いところで、危険《きけん》がないといいけれど……。
ミナ……。
スッ

ミナは心配性《しんぱいしょう》だなぁ。
大丈夫《だいじょうぶ》さ、すぐもどって来《く》るよ。
ええ……。
約束《やくそく》よ……。

ガラ ガラ
ミナにお土産《みやげ》を買《か》って帰《かえ》らないとな。
ガラ
ガラ
あの、そろそろボルゴとうげですが、本当《ほんとう》にむかえが来《く》るんですか?
ドラキュラ伯爵《はくしゃく》の。
ブルブル
?
あれは悪魔《あくま》を追《お》いはらうしぐさだ……。
なぜ……?

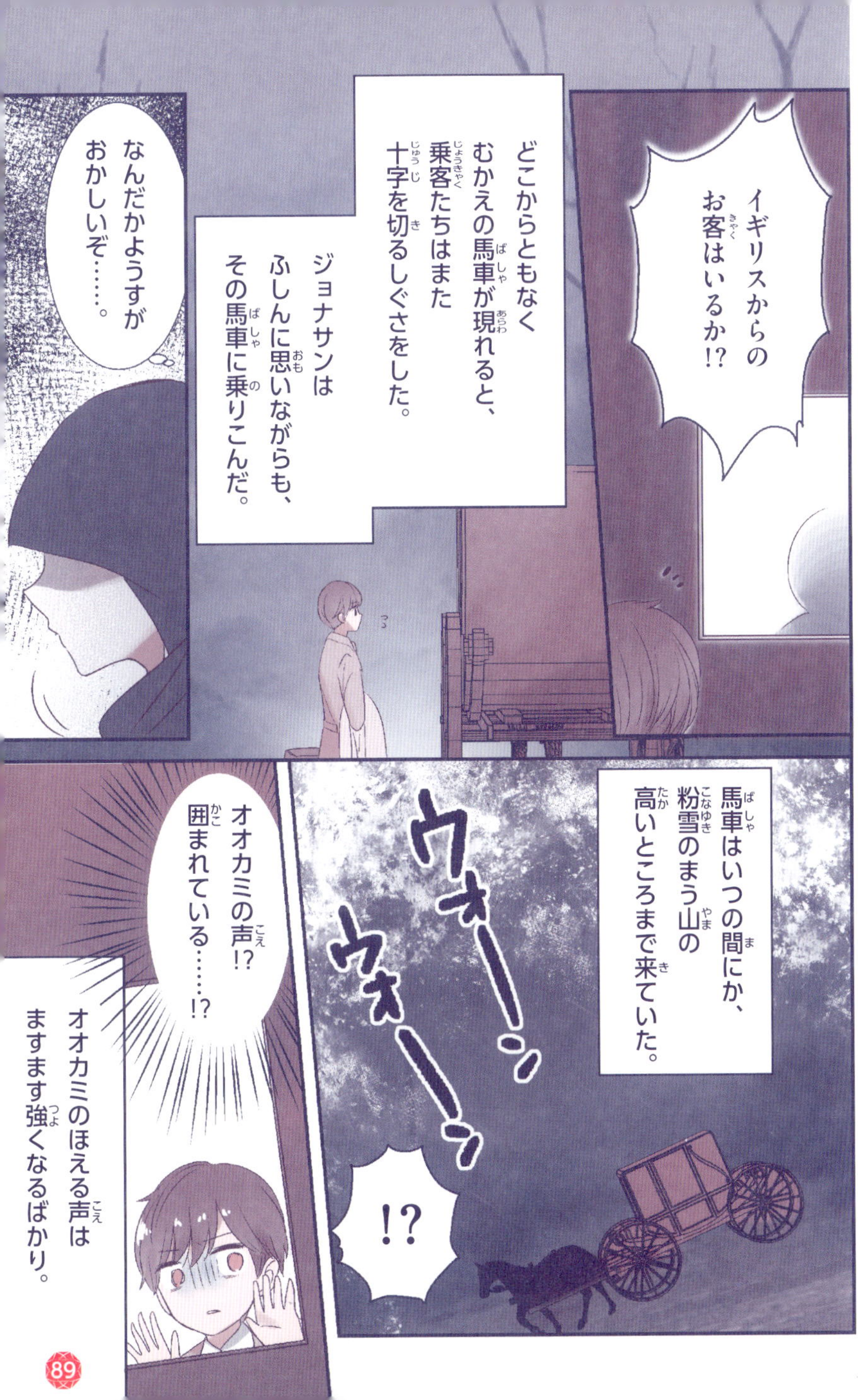

イギリスからのお客《きゃく》はいるか!?
どこからともなくむかえの馬車《ばしゃ》が現《あらわ》れると、乗客《じょうきゃく》たちはまた十字《じゅうじ》を切《き》るしぐさをした。
ジョナサンはふしんに思《おも》いながらも、その馬車《ばしゃ》に乗《の》りこんだ。
なんだかようすがおかしいぞ……。
馬車《ばしゃ》はいつの間《ま》にか、粉雪《こなゆき》のまう山《やま》の高《たか》いところまで来《き》ていた。
ウォーーン
ウォーーン
!?
オオカミの声《こえ》!? 囲《かこ》まれている……!?
オオカミのほえる声《こえ》はますます強《つよ》くなるばかり。

もうダメだ！
オオカミにおそわれてしまう！
ああ、ミナ……！
そのとき、ぎょ者《しゃ》がとつぜん
馬車《ばしゃ》を降《お》りたかと思《おも》うと、
命令《めいれい》でもするかのように
オオカミに向《む》かって何《なに》かをさけび、
右《みぎ》うでをさっとはらった。
すると、オオカミたちは
急《きゅう》におびえたように
にげ出《だ》してしまったのだが――

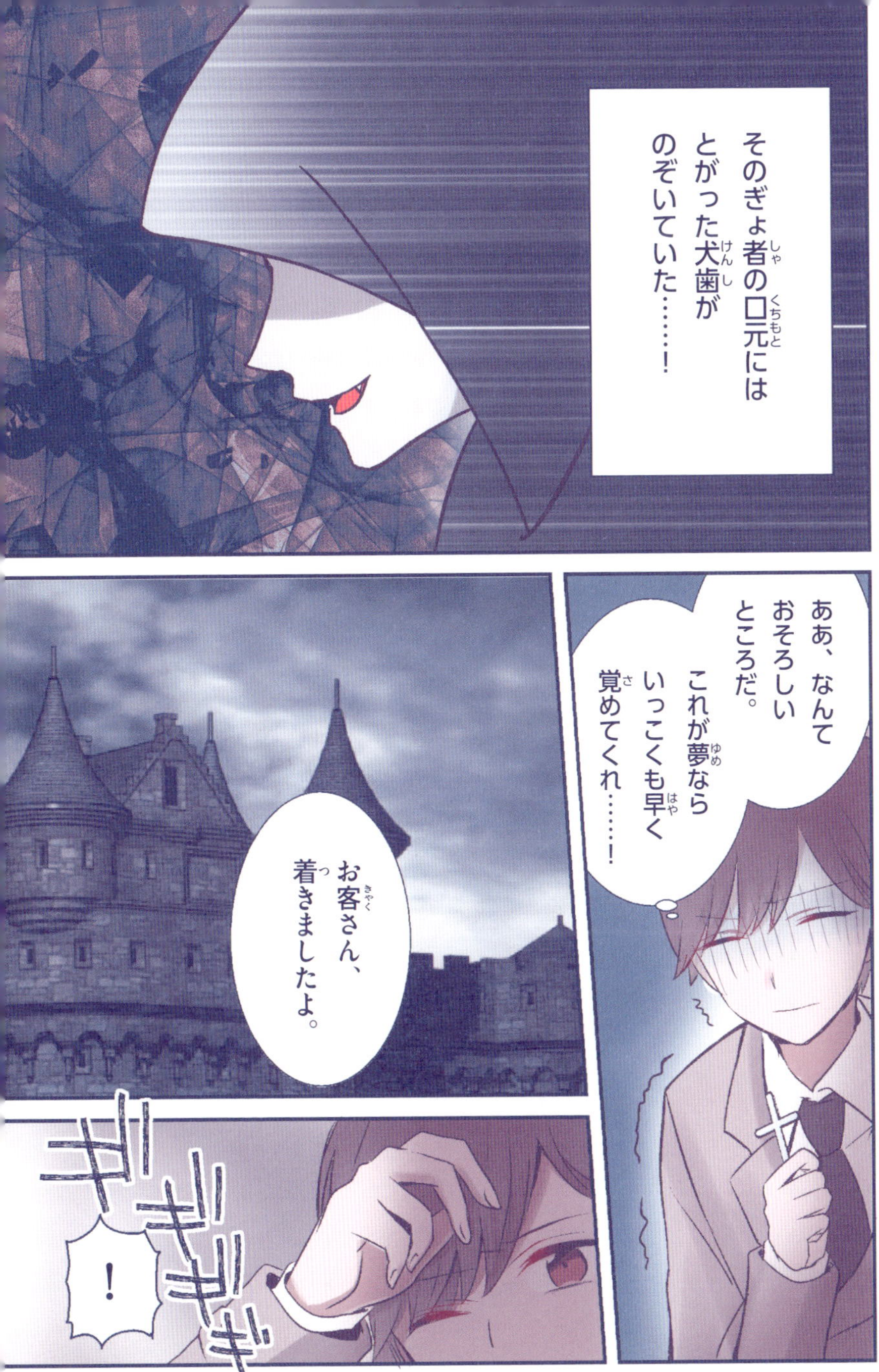
そのぎょ者《しゃ》の口元《くちもと》には
とがった犬歯《けんし》が
のぞいていた……！
ああ、なんて
おそろしい
ところだ。
これが夢《ゆめ》なら
いっこくも早《はや》く
覚《さ》めてくれ……！
お客《きゃく》さん、
着《つ》きましたよ。
ギギギギ
！

ジョナサン・ハーカーくんだね。
ようこそ！
わたしがドラキュラだ。

あっ。
はじめまして。ぼくは……。
!?
なんて力強《ちからづよ》いんだ！
しかもこの手《て》、氷《こおり》のように冷《つめ》たい!!

氷《こおり》……いや、
これはまるで……。
まるで死人《しにん》だ――。
ニヤァ。
ようこそ、わが城《しろ》へ。

第《だい》2章《しょう》 なぞめいた伯爵《はくしゃく》

不気味《ぶきみ》な城《しろ》で

「さあ、君《きみ》の部屋《へや》へ案内《あんない》しよう。」

そう言《い》うと、伯爵《はくしゃく》は先《さき》に立《た》って歩《ある》き出《だ》した。伯爵《はくしゃく》に対《たい》し、気味《きみ》の悪《わる》さを感《かん》じつつも、ジョナサンはそのあとにしたがう。案内《あんない》された部屋《へや》の中《なか》には暖《あたた》かく燃《も》えるだんろがあり、テーブルには、チーズとチキンの軽《かる》い食事《しょくじ》が用意《ようい》されていた。

「ハーカーくん、つかれただろう。夜食《やしょく》でも食《た》べながら少《すこ》し温《あたた》まるといい。わたしはふだんから夜食《やしょく》をとらないのでつき合《あ》えないが。」

「ありがとうございます。」

食《た》べ終《お》えると、伯爵《はくしゃく》はジョナサンに、だんろの近《ちか》くにあるいすをすすめた。

言《い》われるまま、伯爵《はくしゃく》のそばにこしかけたジョナサンは、そのとき初《はじ》めて彼《かれ》の顔《かお》をはっきりと見《み》たのだった。
意地悪《いじわる》そうな口元《くちもと》から飛《と》び出《だ》している、するどくとがった二本《にほん》の犬歯《けんし》。先《さき》のほうが少《すこ》しとがっている耳《みみ》。青白《あおじろ》くて生気《せいき》のない顔《かお》。さらに、伯爵《はくしゃく》の手《て》を見《み》てジョナサンはぎょっとした。

そのつめは異様《いよう》に長《なが》く、先《さき》がするどくとがっていたのだ。

きみょうに思《おも》いながらも、ジョナサンはだんろのそばで伯爵《はくしゃく》とあたりさわりのない話《はなし》をした。
「さあ、だいぶ夜《よる》もふけた。そろそろ休《やす》んだほうがよさそうだね。では、ハーカー

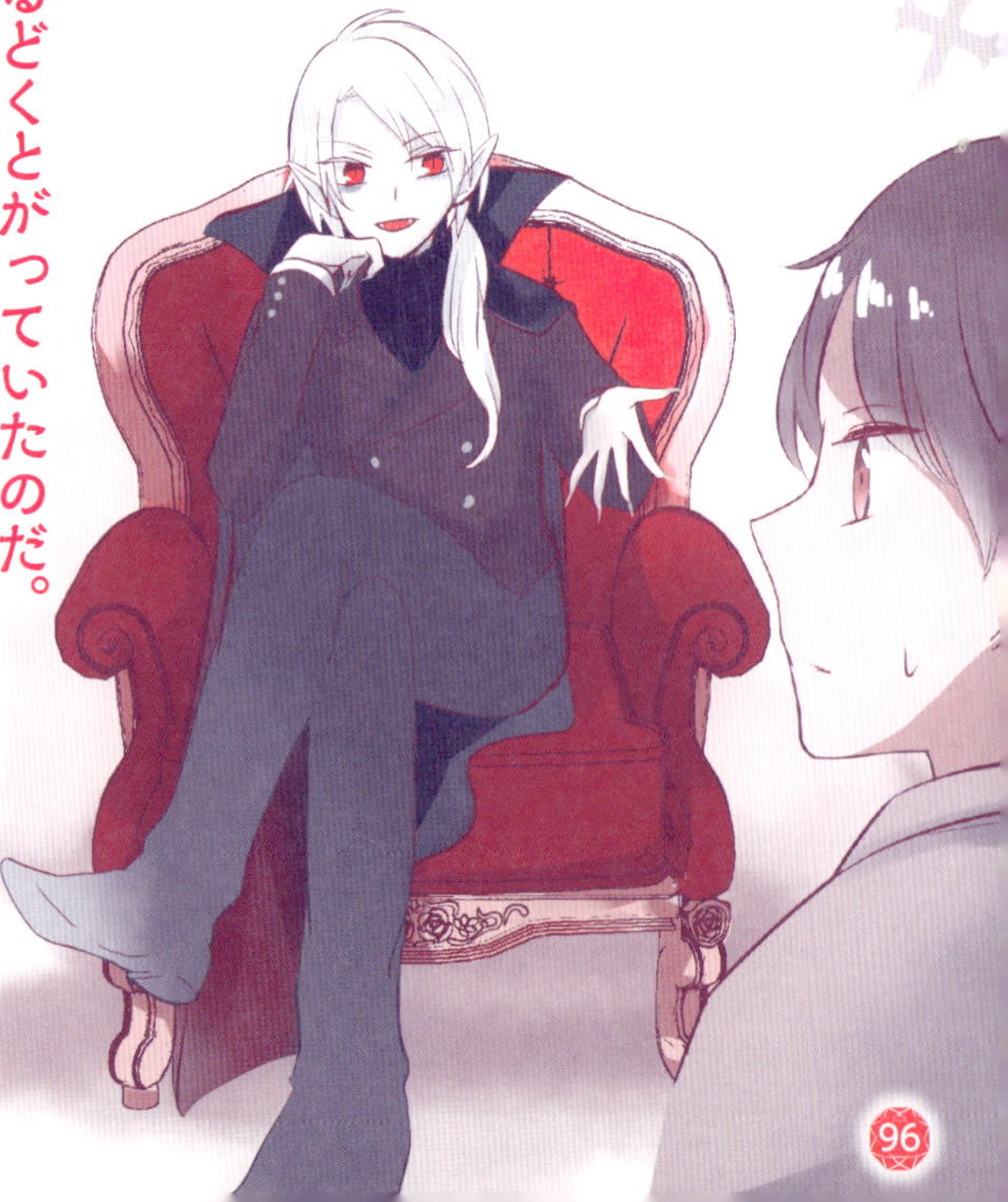

くん、わたしはこれで失礼《しつれい》するよ。ごゆっくり。」

伯爵《はくしゃく》はそう言《い》いながら、ジョナサンの両《りょう》かたに手《て》を置《お》いた。そのとき、ジョナサンは、思《おも》わずはき気《け》をもよおした。伯爵《はくしゃく》の息《いき》がとても血生《ちなま》ぐさかったからだ。

(この人《ひと》は、一体何者《いったいなにもの》なんだ?)

伯爵《はくしゃく》のことが気《き》になりつつも、長旅《ながたび》でつかれはてていたジョナサンは、その晩《ばん》ぐっすりとねむりこんだ。


目《め》を覚《さ》ますと、すでに午後《ごご》のおそい時間《じかん》になっていた。着《き》がえて、昨日夜食《きのうやしょく》をとった部屋《へや》に行《い》くと、すっかり冷《さ》めきった朝食《ちょうしょく》が置《お》いてある。

(伯爵《はくしゃく》はいないようだな。)

ジョナサンは、純金《じゅんきん》の皿《さら》の横《よこ》に一枚《いちまい》の紙《かみ》きれを見《み》つけた。

『少《すこ》し留守《るす》にする。えんりょなくめしあがれ。

ドラキュラ』

朝食《ちょうしょく》を食《た》べ終《お》えたジョナサンは、めし使《つか》いを呼《よ》ぼうと声《こえ》をあげた。

「すみません！　だれかいませんか？」

しかし、何度《なんど》呼《よ》んでも、だれかが出《で》てくることはおろか、人《ひと》がいる気配《けはい》すらない。

（おかしいな。こんな大《おお》きな城《しろ》に、伯爵《はくしゃく》がたった一人《ひとり》で住《す》んでいるのだろうか？）

ほどなく夜《よる》になった。相変《あいか》わらず城《しろ》の中《なか》はしんと静《しず》まりかえっていて、物音《ものおと》ひとつしない。あまりに静《しず》かすぎて、城《しろ》のはるか遠《とお》くでほえるオオカミの声《こえ》が聞《き》こえてくるばかりだった。

とつぜん、ジョナサンの部屋《へや》のドアが開《ひら》いた。

「ハーカーくん、お待《ま》たせして失礼《しつれい》。さて、例《れい》のロンドンの土地《とち》について、話《はなし》を聞《き》かせてもらおうか。となりの書《しょ》さいで待《ま》っているから、来《き》てくれないか。」

ジョナサンは、カバンの中《なか》から書類《しょるい》を取《と》り出《だ》し、書《しょ》さいへ向《む》かった。

「伯爵《はくしゃく》がご興味《きょうみ》をお持《も》ちなのは、カーファックス屋《や》しきと呼《よ》ばれているところです。へいに囲《かこ》まれた約二十《やくにじゅう》エーカー*もある土地《とち》で、とても広々《ひろびろ》としています。しきち内《ない》に屋《や》しきと礼拝堂《れいはいどう》がありますが、どちらもずいぶん古《ふる》く、かなりあれはてているので、そのままお使《つか》いになることは難《むずか》しいでしょう。また、周囲《しゅうい》は木《き》がうっそうとしげっており、昼間《ひるま》でもうす暗《ぐら》く、屋《や》しきの中《なか》には日《ひ》が差《さ》しません。近《ちか》くに家《いえ》はありませんが、最近《さいきん》、となりにジャック・セワードという精神科医《せいしんかい》が大《おお》きな病院《びょういん》を建《た》てました。ただし、しきちが広《ひろ》いので、この病院《びょういん》は屋《や》しきからは見《み》えません。」

ジョナサンの説明《せつめい》を聞《き》いて、伯爵《はくしゃく》はとても満足《まんぞく》そうにニヤリと笑《わら》った。

「屋《や》しきや礼拝堂《れいはいどう》が古《ふる》くてもいっこうにかまわない。木《き》がしげって、昼間《ひるま》でもうす暗《ぐら》いとは何《なに》よりだ。わたしは日《ひ》の光《ひかり》がきらいでね。暗《くら》いほうがうんといい。よし、正式《せいしき》にけいやくしたいから、けいやく書《しょ》をまとめてくれないか。」

「はい。承知《しょうち》しました。」

*エーカー……面積《めんせき》の単位《たんい》。1エーカー=4046平方《へいほう》メートル。

そのあと、伯爵《はくしゃく》はロンドンのことをあれこれ質問《しつもん》してきた。ジョナサンがていねいに答《こた》えているうちに、いつしかニワトリが朝《あさ》を告《つ》げる時刻《じこく》になっていた。

「なにっ、もうそんな時間《じかん》か？　いかんいかん！　ハーカーくん、おやすみ！」

伯爵《はくしゃく》は急《きゅう》にあわてたようすを見《み》せ、話《はなし》を切《き》り上《あ》げたのだった。

鏡《かがみ》に映《うつ》らない！

自分《じぶん》の部屋《へや》にもどり、二《に》、三時間《さんじかん》ほどねむっただろうか。ジョナサンはふと目《め》を覚《さ》ました。すっかり目《め》がさえてしまったので、起《お》きることにした。

ジョナサンは、持《も》ってきた小《ちい》さな鏡《かがみ》を窓辺《まどべ》に立《た》てかけて、ひげをそり始《はじ》めた。そのとき、何《なに》かがかたにふれた気《き》がした。ぎょっとしてふり返《かえ》ると、

「おはよう。」

いつのまにかやって来《き》た伯爵《はくしゃく》が、ジョナサンのかたに手《て》を置《お》いたのである。

しかも、おどろいたのはこれだけではなかった。伯爵《はくしゃく》はジョナサンの後《うし》ろに立《た》っている。それなのに、鏡《かがみ》にはジョナサンと、ジョナサンの後《うし》ろにある部屋《へや》のようすしか映《うつ》っていないのだ。

（なぜだ……？　伯爵《はくしゃく》の姿《すがた》が鏡《かがみ》に映《うつ》っていない！）

「おや、ハーカーくん、あごを切《き》ったのかね。この城《しろ》の中《なか》で血《ち》を流《なが》すと、めんどうなことになってしまうぞ。そもそも、この鏡《かがみ》というものがよくな

いのだ。」

伯爵《はくしゃく》はそんなことを言《い》いながら鏡《かがみ》を取《と》り上《あ》げた。そして、窓《まど》のよろい戸《ど》を力《ちから》まかせにこじ開《あ》けると、そこから鏡《かがみ》を投《な》げ捨《す》ててしまったのだ。

伯爵《はくしゃく》がふきげんそうに出《で》ていったあとで、ジョナサンはよろい戸《ど》のすきまから初《はじ》めて外《そと》を見《み》た。すると、この城《しろ》が目《め》もくらむような高《たか》さの切《き》り立《た》ったがけの上《うえ》に建《た》っていることがわかった。

(伯爵《はくしゃく》もこの城《しろ》も、どうもあやしいことばかりだ。このままここにいたら、どんな危険《きけん》な目《め》にあうかわからない。いっこくも早《はや》くここから出《で》たほうがよさそうだぞ。)

そう思《おも》ったジョナサンは、この城《しろ》からにげ出《だ》すことを考《かんが》え始《はじ》めたのだった。

第《だい》3章《しょう》 おそろしい城《しろ》

とらわれのジョナサン

ジョナサンは、伯爵《はくしゃく》が出《で》かけているすきに城《しろ》の中《なか》を調《しら》べた。

ドアにはすべてかぎがかかっていて、窓《まど》にも鉄格子《てつごうし》がはまっている。鉄格子《てつごうし》がないのは、あの切《き》り立《た》ったがけに面《めん》した窓《まど》だけだった。

もちろん、あのがけをおりてにげることなんてとうていできない。一歩《いっぽ》ふみはずしたら、三十《さんじゅう》メートル以上《いじょう》の高《たか》さをまっさかさまに落《お》ちてしまうのだ。想像《そうぞう》しただけでも足《あし》がすくむ。

（まるで、出口《でぐち》のないろうやに閉《と》じこめられているようなものだ。しかし、ぼくを閉《と》じこめてどうするつもりなんだろう？　伯爵《はくしゃく》に聞《き》いたところで答《こた》えてくれそうもないし、かえって危険《きけん》な気《き》もする。ここは、何《なに》も考《かんが》えていないふりをして、うまくにげるタイミングをはかったほうがけん明《めい》だろう。）

ジョナサンがそう決意《けつい》したときには、外《そと》はすでに暗《くら》くなっていた。

やがて、城《しろ》の大戸《おおど》の閉《し》まる音《おと》が聞《き》こえた。伯爵《はくしゃく》が帰《かえ》ってきたのだ。

「ハーカーくん、けいやく書《しょ》はできたかね？　それを持《も》って書《しょ》さいへ来《き》てほしい。手続《てつづ》きを早《はや》く終《お》わらせてしまおう。」

「はい。ただいまうかがいます。」

伯爵《はくしゃく》は、ジョナサンが用意《ようい》した書類《しょるい》の必要《ひつよう》なところにサインをした。

「これで、ロンドンのカーファックス屋《や》しきはドラキュラ伯爵《はくしゃく》のものとなりました。ところで、伯爵《はくしゃく》はなぜロンドンにお屋《や》しきを？　伯爵《はくしゃく》のご一族《いちぞく》は、ずいぶん昔《むかし》からこのトランシルバニアにお住《す》まいのようですが。」

「うむ。そのせいもあって、ここにはわたしのことを知《し》らぬ者《もの》はいない。そんなところで暮《く》らし続《つづ》けるのは、いささか不都合《ふつごう》だとは思《おも》わないかね？　さて、さっそくロンドンへ発《た》つ準備《じゅんび》をするとしよう。ハーカーくん、今夜《こんや》はこれで失礼《しつれい》するよ。」

自分《じぶん》の部屋《へや》へもどったジョナサンは、窓《まど》の外《そと》で何《なに》か物音《ものおと》がしたのに気《き》づいた。窓《まど》から外《そと》を見《み》て、ジョナサンは目《め》を疑《うたが》った。月明《つきあ》かりに照《て》らされたがけの上《うえ》を、はいおりていく黒《くろ》いかげがあったのだ。黒《くろ》いマントを羽《はね》のように広《ひろ》げ、かべをはうトカゲのように、がけをスルスルとおりていくかげ……。

（あれは、ドラキュラ伯爵《はくしゃく》じゃないか！　あのがけをはいおりるなんて。やはり、伯爵《はくしゃく》は人間《にんげん》ではない……。）

伯爵《はくしゃく》の姿《すがた》は、やがて、やみの中《なか》へと消《き》えていった。

かげのない女《おんな》たち

ジョナサンはベッドに入《はい》ってからも、これから自分《じぶん》がどうなるのか、不安《ふあん》でねむれなかった。

（どうにかして、この城《しろ》からにげなくては。でも、どうやって……。）

しかし、考《かんが》えているうちに、いつのまにかウトウトしていたようだ。

急《きゅう》に、部屋《へや》の中《なか》にだれかがいる気配《けはい》を感《かん》じて、ジョナサンは目《め》を覚《さ》ました。

うす目《め》を開《あ》けて窓《まど》のほうを見《み》てみると、ドレス姿《すがた》の女《おんな》が三人《さんにん》、月明《つきあ》かりを浴《あ》びながら立《た》っている。

そのうち二人《ふたり》は、はだの色《いろ》が浅黒《あさぐろ》く、目《め》が赤《あか》く光《ひか》っていた。残《のこ》りの一人《ひとり》は、金髪《きんぱつ》でサファイアのような青《あお》い目《め》をしている。

（この人《ひと》たちは、一体《いったい》だれなんだ？　なんでぼくの部屋《へや》にいるんだろう？）

ねたふりをしながらようすをみているうちに、ジョナサンは気《き》づいた。

（月明《つきあ》かりを浴《あ》びているのにかげがない！）

女《おんな》たちは小声《こごえ》で何《なに》か話《はな》していたが、やがて金髪《きんぱつ》の女《おんな》の背中《せなか》をおしながら、ほかの二人《ふたり》がこんなことを言《い》った。

「お先《さき》にどうぞ。わたしたちはあとでいいわ。」

「さあ、えんりょせずに。あら、若《わか》くて丈夫《じょうぶ》そうな男《おとこ》ね。」

金髪《きんぱつ》の女《おんな》がジョナサンのベッドへ近《ちか》づいて来《き》た。そして、ベッドのすぐわきにひざまずき、ジョナサンのほうへ身《み》をかがめたのだ。

（一体《いったい》、何《なに》をする気《き》なんだ……？）

ジョナサンはぎゅっと目《め》を閉《と》じた。顔《かお》に女《おんな》の息《いき》がかかる。あまいかおりの中《なか》に、血生《ちなま》ぐさいいやなにおいがまじっていた。

舌《した》なめずりをしているような、ぴちゃぴちゃという音《おと》が聞《き》こえてきた。

そのとき、

「おまえたち、何《なに》をしている！」

伯爵《はくしゃく》の声《こえ》がひびいた。いつのまにやって来《き》たのか、女《おんな》たちの後《うし》ろに立《た》っている。

伯爵《はくしゃく》は女《おんな》のかみの毛《け》をぐいっとつかんでジョナサンから引《ひ》きはなすと、ものすごいけんまくで、

「わたしの言《い》いつけにそむくとは、何事《なにごと》だ！　この男《おとこ》は、わたしのものだと言《い》っただろう。いっさい手《て》を出《だ》すな！」

とどなり、持《も》ってきたふくろを女《おんな》たちへ向《む》かって放《ほう》り投《な》げた。

「おまえたちにはそれがあれば十分《じゅうぶん》だろう。それを持《も》って、とっとと自分《じぶん》たちのひつぎへ帰《かえ》るんだな！」

女《おんな》たちはふくろに飛《と》びついた。すると、その中《なか》から弱々《よわよわ》しい赤《あか》んぼうの泣《な》き声《ごえ》が

聞《き》こえたのである。ジョナサンが息《いき》を殺《ころ》してようすをうかがっていると、不気味《ぶきみ》な女《おんな》たちはふくろを持《も》ったまま窓《まど》の近《ちか》くへ行《い》き、そのまま姿《すがた》を消《け》した。

あまりのおそろしさに、ジョナサンは気《き》を失《うしな》ってしまった。

ジョナサン、ひつぎを見《み》つける

次《つぎ》の日《ひ》の昼《ひる》ごろになって、ジョナサンはようやく意識《いしき》を取《と》りもどした。

（あの三人《さんにん》も人間《にんげん》ではないのだろう。なんておそろしい城《しろ》なんだ。いっこくも早《はや》くここから出《で》なくては。伯爵《はくしゃく》が出《で》かけている昼《ひる》のうちに、なんとかにげよう！）

ジョナサンは改《あらた》めて、城《しろ》の中《なか》を調《しら》べ始《はじ》めた。すると、以前《いぜん》は見《み》のがしていた、せまい階段《かいだん》を見《み》つけることができた。

階段《かいだん》をのぼった先《さき》には、一枚《いちまい》のドアがあった。ジョナサンは用心《ようじん》してドアに耳《みみ》をつけ、向《む》こう側《がわ》にだれかいないかようすをうかがった。

しばらくして、何《なん》の気配《けはい》もしないことがわかると、ジョナサンはこわごわドアに手《て》をかけた。ドアは簡単《かんたん》に開《ひら》き、中《なか》にはだれもいなかったが、ほこりだらけの部屋《へや》の中《なか》には無数《むすう》の足《あし》あとがある。

（もしかして、ここが伯爵《はくしゃく》の部屋《へや》なのか？　ここに合《あい》かぎがあれば……。）

しかし、部屋《へや》にはほこりをかぶった、いろいろな国《くに》の昔《むかし》の金貨《きんか》が山《やま》のように積《つ》んであるだけで、目当《めあ》てのかぎを見《み》つけることはできなかった。

部屋《へや》のおくには、もうひとつドアがあった。おしてみると、これもまたいとも簡《かん》単《たん》に開《ひら》く。ドアの外《そと》にはうす暗《ぐら》いろうかが続《つづ》き、その先《さき》には下《した》へおりるらせん階段《かいだん》が続《つづ》いていた。ジョナサンはろうかを進《すす》み、らせん階段《かいだん》を注意深《ちゅういぶか》くおり始《はじ》めた。階《かい》段《だん》をおりきると、またドアがあった。

（ううっ、なんだかいやなにおいがする。まるで死臭《ししゅう》のような……。）

思《おも》い切《き》ってドアを開《あ》けると、そこは今《いま》にも屋根《やね》がくずれてきそうな、古《ふる》い礼拝堂《れいはいどう》だった。納骨堂《のうこつどう》へと続《つづ》く階段《かいだん》が見《み》える。

（……気味《きみ》が悪《わる》いけど行《い》ってみよう。）

納骨堂《のうこつどう》には、大《おお》きなひつぎがたくさん並《なら》んでいた。ジョナサンが順番《じゅんばん》に見《み》ていくと、そのうちのひとつに、なんとドラキュラ伯爵《はくしゃく》が横《よこ》たわっているではないか！

（どういうことだ！　伯爵《はくしゃく》は死《し》んだのか？）

伯爵《はくしゃく》は目《め》を見開《みひら》いたまま、空《くう》を見《み》つめている。その姿《すがた》を見《み》ているうちに、ジョナサンはあることに気《き》がついた。青白《あおじろ》かった伯爵《はくしゃく》のはだに赤《あか》みが差《さ》し、昨日《きのう》までよりも健康《けんこう》そうに見《み》えるのだ。

伯爵《はくしゃく》のくちびるには、べったりと血《ち》がついていて、その血《ち》があごからのど元《もと》へとたれていた。息《いき》をしていないように見《み》える。

その姿《すがた》を見《み》ているうちに、ジョナサンは伯爵《はくしゃく》のベルトにかぎの束《たば》があるのに気《き》づいた。

（これさえあれば、外《そと》へ出《で》られる！）

ジョナサンはそう思《おも》うやいなや、かぎの束《たば》をうばった。

その瞬間《しゅんかん》、伯爵《はくしゃく》の顔《かお》に人《ひと》をばかにするような、冷《ひ》ややかな笑《え》みがうかんだ！

「うわあああ!!」

おそろしさのあまり、ジョナサンは気《き》がつくと、そばに落《お》ちていたシャベルで伯《はく》爵《しゃく》の顔《かお》をなぐっていた。

伯爵《はくしゃく》のひたいがぱっくりとさけ、そこから血《ち》がふき出《だ》す。にもかかわらず、伯爵《はくしゃく》は、血《ち》まみれの顔《かお》でにやにやと笑《わら》っているのだ。

ジョナサンはこんなにもおそろしいものを、これまでに見《み》たことがなかった。自《じ》分《ぶん》でもわけのわからない言葉《ことば》をさけびながら、ジョナサンはやっとのことで、伯爵《はくしゃく》のもとをにげ出《だ》したのだった。

第《だい》4章《しょう》 ルーシーの病《やまい》

ミナとルーシーの再会《さいかい》

ジョナサンのこんやく者《しゃ》ミナは、彼《かれ》がトランシルバニアへ行《い》ったきり、ずいぶん長《なが》いこと連《れん》らくをよこさないので、とても心配《しんぱい》していた。

（ここにいても気《き》がめいるだけだから、ルーシーのところへでも行《い》きましょう。）

ちょうど親友《しんゆう》のルーシーから、貴族《きぞく》のアーサーという青年《せいねん》とこんやくしたという知《し》らせが届《とど》いていたのだ。ルーシーは、ロンドンから九十《きゅうじっ》キロ以上《いじょう》はなれたところにあるウィットビーという港町《みなとまち》に住《す》んでいる。

「ミナ！　ここよ！」

汽車《きしゃ》から降《お》りると、ルーシーが手《て》をふりながら走《はし》って来《き》た。

「ルーシー！　元気《げんき》そうでよかった。病気《びょうき》はもう治《なお》ったのね。」

ルーシーは、以前《いぜん》から夢遊病《むゆうびょう》＊になやまされていたのだ。

「ええ、わたしはすっかり元気《げんき》よ。ただ、母《はは》の心臓《しんぞう》が悪《わる》くなって……。」

「まあ、それは大変《たいへん》……。でも、このたびはごこんやくおめでとう！」

「ありがとう！　ねえ、ミナ。荷物《にもつ》を家《いえ》に置《お》いたら教会《きょうかい》へ行《い》きましょう。」

ルーシーはミナを連《つ》れて、高台《たかだい》に建《た》つ教会《きょうかい》へと出《で》かけた。墓地《ぼち》に囲《かこ》まれた教会《きょうかい》からは、ウィットビーの町《まち》を見《み》下《お》ろすことができる。すぐ下《した》には港《みなと》があり、青色《あおいろ》の海面《かいめん》

＊夢遊病《むゆうびょう》……ねむったまま動《うご》き回《まわ》ってしまう病気《びょうき》。

につきだした堤防《ていぼう》の先《さき》には灯台《とうだい》があった。二人《ふたり》が、景色《けしき》とおしゃべりを思《おも》うぞんぶん楽《たの》しんで帰《かえ》るころには、あたりは美《うつく》しい夕焼《ゆうや》けにつつまれていた。

まさか、このあと大《おお》あらしになるなど、だれが予想《よそう》できただろう。

真夜中《まよなか》を過《す》ぎたころ、とつぜん空《そら》があれ始《はじ》め、灯台《とうだい》を飲《の》みこんでしまうほどの高《たか》い波《なみ》が何度《なんど》もおしよせた。かみなりがとどろき、いなずまがやみを引《ひ》きさく。

そんな中《なか》を、スピードを上《あ》げて港《みなと》に入《はい》って来《く》る一《いっ》そうの船《ふね》があった。船《ふね》はなんの迷《まよ》いもなく一直線《いっちょくせん》に進《すす》み、船着《ふなつ》き場《ば》に勢《いきお》いよくつっこんだ。

そのしょうげきでこわれた船《ふね》の中《なか》から、大《おお》きな犬《いぬ》が一《いっ》ぴき飛《と》び出《だ》し、風《かぜ》のように走《はし》り去《さ》っていった。

後日《ごじつ》、船《ふね》の中《なか》を調《しら》べると、船底《ふなぞこ》にひつぎがひとつ残《のこ》

されていた。ひつぎのふたは開《あ》いていて、中《なか》からは血《ち》生《なま》ぐさい、いやなにおいがしたのだった。

恐怖《きょうふ》の始《はじ》まり

夜中《よなか》にみょうな感《かん》じがして、ミナは目《め》を覚《さ》ました。見《み》ると、となりのベッドにいるはずのルーシーがいない。

(夢遊病《むゆうびょう》はもうよくなったと言《い》っていたのに……。)

ミナはマッチに火《ひ》をつけ、ルーシーをさがした。家《いえ》の中《なか》はもちろん、家《いえ》の周囲《しゅうい》をさがしてもルーシーの姿《すがた》は見当《みあ》たらない。

(なんだか、いやな予感《よかん》がする!)

ミナはルーシーが案内《あんない》してくれた、教会《きょうかい》のある高台《たかだい》のところまで行《い》った。すると、月明《つきあ》かりに照《て》らされた墓地《ぼち》のベンチに、ぼんやりとした白《しろ》いかげを見《み》つけたのだ。

（きっとルーシーだわ！）

歩《あゆ》みよるにつれて、ミナはおそろしい事実《じじつ》に気《き》づいた。ベンチにこしかけているのは確《たし》かにルーシーだが、かたのあたりに黒《くろ》いかげがおおいかぶさっているのだ。

（あのかげは何《なに》かしら？　ルーシーが何者《なにもの》かにおそわれている……!?）

「ルーシー！　しっかりして、ルーシー！」

勇気《ゆうき》をふりしぼって大声《おおごえ》をあげながら近《ちか》づくと、黒《くろ》いかげがミナのほうを向《む》いた。

その顔《かお》は青白《あおじろ》く、赤《あか》い目《め》がらんらんと光《ひか》っている。

「!!」

ミナに気《き》づくと、かげはやみにとけるように消《き》えてしまった。

ルーシーはぐっすりとねむりこんでいるようだったが、やがて、息苦《いきぐる》しそうにしたかと思《おも》うと、その手《て》をのど元《もと》にあててもがいた。そこには針《はり》でさした傷《きず》のような

小《ちい》さな赤《あか》い点《てん》が二《ふた》つ並《なら》んでいた。
（この傷《きず》、何《なに》かしら？　外《そと》にいて虫《むし》にでもさされたのかな。）
黒《くろ》いかげと傷《きず》のことが気《き》になりつつも、ミナはなかなか起《お》きないルーシーをなんとか起《お》こし、家《いえ》まで連《つ》れて帰《かえ》った。

次《つぎ》の日《ひ》、ルーシーは昼近《ひるちか》くになってようやく目《め》を覚《さ》ました。ミナが昨日《きのう》の夜《よる》のことをたずねると、何《なに》も覚《おぼ》えていないという。
（あのかげは何《なん》だったのかしら……。）

さらに次《つぎ》の日《ひ》、二人《ふたり》は教会《きょうかい》のほうへ出《で》かけたが、ルーシーは具合《ぐあい》が悪《わる》そうだった。

「ミナ、わたし、頭《あたま》がひどく痛《いた》むの。」

ルーシーはそう言《い》って、家《いえ》に着《つ》くなり、夕食《ゆうしょく》もとらずにベッドに入《はい》ってしまった。

夕食後《ゆうしょくご》、一人《ひとり》でたいくつだったミナは、夜《よる》の散歩《さんぽ》に出《で》かけることにした。

月明《つきあ》かりの町《まち》をしばらく歩《ある》いてから家《いえ》にもどって来《く》ると、ルーシーの部屋《へや》の窓《まど》が開《あ》いているのに気《き》づいた。そこからルーシーの姿《すがた》が見《み》える。ミナはルーシーに向《む》かって手《て》をふったが、彼女《かのじょ》の反応《はんのう》はなかった。

よく見《み》ると、ルーシーは窓《まど》のわくによりかかってねむっていた。そして、その頭《あたま》の横《よこ》には、大《おお》きなコウモリがとまっていたのである。

ミナはぞっとして、ルーシーの部屋《へや》へと急《いそ》いだ。ところが、部屋《へや》に着《つ》いたときにはすでにコウモリの姿《すがた》はなく、ルーシーはベッドの上《うえ》でねむっていた。

その顔《かお》は青白《あおじろ》く、のど元《もと》の赤《あか》い二《ふた》つの点《てん》が前《まえ》より大《おお》きくなっているようだった。

それに、なんと口元《くちもと》から、みょうに長《なが》い犬歯《けんし》が二本《にほん》、つき出《だ》しているのである。

（大変《たいへん》！　とにかく、アーサーに知《し》らせなければ！）


しかし、ミナがそう思《おも》った矢先《やさき》にロンドンの自宅《じたく》から一通《いっつう》の手紙《てがみ》が転送《てんそう》されて来《き》た。それは、待《ま》ちに待《ま》ったジョナサンからの手紙《てがみ》だった。しかも、そこにはジョナサンがハンガリーの病院《びょういん》に入院《にゅういん》していると書《か》いてあった。

「まあ！　ミナの恋人《こいびと》が入院《にゅういん》していたなんて。」

「ええ、そうみたいなの。それでね、ルーシー、わたし……。」

「すぐに会《あ》いに行《い》ってきたらいいわ。わたしのことなら心配《しんぱい》しないで。母《はは》やアーサーもいるから大丈夫《だいじょうぶ》よ。」

こうしてミナは、ルーシーを心配《しんぱい》しつつも、ジョナサンのもとへ行《い》くことにしたのだった。

ねらわれたルーシー

ミナが去《さ》ったあと、ルーシーの具合《ぐあい》は悪《わる》くなっていくばかりだった。

ルーシーの家《いえ》には、こんやく者《しゃ》のアーサーと、アーサーの友人《ゆうじん》でもある大地主《おおじぬし》のキンシー、それにかかりつけ医師《いし》のジャック、さらにジャックの先生《せんせい》であるヘルシング博士《はかせ》が集《あつ》まっていた。

「それで、ルーシーはどんな状態《じょうたい》かね？」

ヘルシング博士《はかせ》の質問《しつもん》にアーサーが答《こた》えた。

「どんどんやせて、顔色《かおいろ》も悪《わる》くなっていくようなんです。こちらが彼女《かのじょ》の部屋《へや》です。」

アーサーが部屋《へや》のドアを開《あ》けると、ずっとねむったままだったはずのルーシーが、窓《まど》を閉《し》めてベッドへたおれこむところだった。のど元《もと》からネグリジェのえりにかけて、真《ま》っ赤《か》な血《ち》がついている。

ジャックと博士《はかせ》は、時間《じかん》をかけて念入《ねんい》りにしんさつをしたが、結局《けっきょく》、ルーシーの病気《びょうき》についてはよくわからなかった。

二人《ふたり》は、のど元《もと》の傷《きず》やつき出《だ》した犬歯《けんし》など、みょうな点《てん》が多《おお》いこと、すでに大量《たいりょう》の血液《けつえき》を失《うしな》っていて大変《たいへん》危険《きけん》な状態《じょうたい》であることから、ふつうの治《ち》りょうで対応《たいおう》できる病気《びょうき》ではないと考《かんが》えた。

「もう手《て》おくれかもしれないが、わたしに考《かんが》えがある。ジャック、おかしな方法《ほうほう》だと思《おも》っても、わたしにしたがってもらいたい。ここにニンニクの花《はな》を用意《ようい》した。」

博士《はかせ》はそう言《い》って、ニンニクの花《はな》を手《て》でもみほぐすと、それを窓《まど》わくやドア、だんろのふちにこすりつけて、部屋《へや》じゅうにニンニクのにおいがこもるようにした。

「博士《はかせ》、これじゃあまるで悪魔《あくま》よけのおまじないのような……。」

ジャックが言《い》うと、博士《はかせ》は真面目《まじめ》な顔《かお》でうなずいた。

「うむ。この花《はな》で花輪《はなわ》をつくり、ルーシーの首《くび》にかけるんだ。」

博士《はかせ》がつくった花輪《はなわ》を見《み》て、ルーシーは不思議《ふしぎ》に思《おも》った。

「どうしてニンニクなんですの？」

「これがあなたの病気《びょうき》にきくんだ。いいかい、いつもこの花輪《はなわ》を首《くび》からかけていなさい。もちろん、ねるときも。どんなときも外《はず》してはいけないよ。」


ミナがいなくなってから心細《こころぼそ》くなったルーシーは、母《はは》であるウェステンラ夫人《ふじん》に同《おな》じ部屋《へや》でねてもらっていた。

ある晩《ばん》の真夜中過《まよなかす》ぎ、胸《むね》のあたりが苦《くる》しくなって、ルーシーは目《め》を覚《さ》ました。すると、ウェステンラ夫人《ふじん》もちょうど目《め》を覚《さ》ましたところだった。

「なんの音《おと》かしら？」

窓《まど》のほうから、バタバタという音《おと》が聞《き》こえてくる。ルーシーが見《み》ると、そこにはきょ大《だい》なコウモリがいた。目《め》は赤《あか》く光《ひか》っている。母《はは》をおどろかせては心臓《しんぞう》に悪《わる》いと思《おも》い、ルーシーはこう答《こた》えた。

「きっと風《かぜ》が強《つよ》いのよ。」

しかし、とつぜんオオカミのほえる声《こえ》がひびいたかと思《おも》うと、窓《まど》ガラスが割《わ》れ、破片《はへん》が飛《と》びちった。割《わ》れたガラスの向《む》こうから、赤《あか》い目《め》をした大《おお》きなオオカミが、部屋《へや》の中《なか》をじっと見《み》ている。

「キャアアアア！」

あまりの恐怖《きょうふ》におののいたウェステンラ夫人《ふじん》は、無我夢中《むがむちゅう》でむすめにしがみついた。そのとき、ルーシーの首《くび》に下《さ》がっていたニンニクの花輪《はなわ》がちぎれて、どこかへ飛《と》んでいってしまった。

悲鳴《ひめい》を聞《き》きつけたアーサーたちが部屋《へや》にやって来《き》たとき、ルーシーはベッドに横《よこ》たわっていた。のど元《もと》からネグリジェのえりにかけて、真《ま》っ赤《か》な血《ち》がついている。ゆかにたおれているウェステンラ夫人《ふじん》は、ショックのあまりに心臓《しんぞう》まひを起《お》こしたようで、すでに息《いき》を引《ひ》き取《と》ったあとだった。

「ああ、ルーシー！」

ルーシーのようすを見《み》ていたヘルシング博士《はかせ》が、力《ちから》なく首《くび》をふった。

「息《いき》がとぎれている。もう長《なが》くはないだろう。アーサー、手《て》をにぎってあげなさい。」

アーサーが手《て》をとろうとした瞬間《しゅんかん》、ルーシーがとつぜん目《め》を開《あ》けて起《お》き上《あ》がった。舌《した》なめずりをしながら、アーサーに口《くち》づけをしようとしている。

「いかん！　今《いま》、口《くち》づけをしてはならない！」

博士《はかせ》がアーサーのえりを強《つよ》く引《ひ》っぱったので、ルーシーはアーサーに口《くち》づけすることができなかった。とがった犬歯《けんし》で、くやしそうに歯《は》ぎしりをしていたが、やがて力《ちから》つきたように目《め》を閉《と》じた。

少《すこ》しすると、ルーシーは再《ふたた》び目《め》を開《あ》けた。さっきまでのおそろしい形相《ぎょうそう》は消《き》え、目《め》は青《あお》くすみ、とてもおだやかな顔《かお》をしている。

「アーサー、こっちが君《きみ》の愛《あい》したルーシーだよ。キスをしてあげなさい。」

アーサーがひたいにキスをすると、ルーシーはやさしくほほえみながら息《いき》を引《ひ》き取《と》った。

不思議《ふしぎ》なことに、このとき、ルーシーの首《くび》にあったあの赤《あか》い傷《きず》はなくなっていたのである。

第《だい》5章《しょう》 本当《ほんとう》のお別《わか》れ

消《き》えたなきがら

ルーシーとウェステンラ夫人《ふじん》のなきがらは、ロンドンのハムステッドというところにある、ウェステンラ家《け》の墓《はか》にほうむられた。

それから何日《なんにち》かたった朝《あさ》のこと。ヘルシング博士《はかせ》がジャックの病院《びょういん》へやって来《き》た。

「ジャック、新聞《しんぶん》を読《よ》んだかい？　小《ちい》さな子《こ》どもが次々《つぎつぎ》と迷子《まいご》になっているらしい。しかも、ハムステッドのあたりで。」

「ええ、読《よ》みましたよ。発見《はっけん》された子《こ》どもはみなぐったりしていて、のど元《もと》には小《ちい》さな赤《あか》い二《ふた》つの傷《きず》があるという。きみょうな話《はなし》ですね。」

「うむ。もっともおそれていたことが起《お》こっているようだ。ジャック、アーサーとキンシーに連《れん》らくして、今夜《こんや》集《あつ》まるように言《い》ってくれないか。」

その晩《ばん》、集《あつ》まった四人《よにん》は、ウェステンラ家《け》の墓《はか》を訪《おとず》れた。

「アーサー、君《きみ》は特《とく》につらいだろうが、どうか聞《き》いてほしい。これからルーシーのひつぎを開《あ》けなくてはならない。」

「なんですって？　なんで、そんなむごいことを……。」

「ひつぎの中《なか》がどうなっているか、調《しら》べる必要《ひつよう》があるんだ。どうかわかってほしい。」

博士《はかせ》のあまりに深刻《しんこく》なようすに、アーサーは泣《な》きながらうなずいた。

いよいよ、博士《はかせ》がひつぎのふたに手《て》をかけた。すると、おどろくほど簡単《かんたん》にそのふたが開《あ》いた。

「あれっ？　ない！　空《から》っぽだ。ルーシーのなきがらがないぞ。一体《いったい》なぜ？」

「やはり思《おも》ったとおりだ。アーサー、おそらく真夜中《まよなか》になったらわかるだろう。それまで、ここで待《ま》っていよう。」

あたりに真夜中《まよなか》を告《つ》げるかねの音《おと》がひびいた。

やがて、白《しろ》いドレス姿《すがた》の女《おんな》が、ふらふらしながらウェステンラ家《け》の墓《はか》のほうへとやって来《き》た。かみの毛《け》をふりみだし、うでには小《ちい》さな子《こ》どもをかかえている。

ヘルシング博士《はかせ》は、手《て》に持《も》っていたランタンを高《たか》くかざし、近《ちか》づいて来《き》た女《おんな》の顔《かお》を照《て》らした。


なんとその女《おんな》は、すっかり変《か》わりはてたルーシーだったのだ。目《め》はきつ

くつり上《あ》がり、真《ま》っ赤《か》なくちびるからたれた血《ち》が、白《しろ》いドレスの上《うえ》を流《なが》れている。

ルーシーは、アーサーの姿《すがた》を見《み》ると、泣《な》いている子《こ》どもを投《な》げ捨《す》てた。そして、にやりとほほえむと、あまい声《こえ》でこう言《い》った。

「アーサー、会《あ》いたかったわ。愛《いと》しい人《ひと》よ、さあ、こっちへいらして。」

その声《こえ》にさそわれるように、アーサーはふらふらとルーシーへ歩《あゆ》みよっていく。

ルーシーがその胸《むね》に飛《と》びこもうとしたとき、二人《ふたり》の間《あいだ》に博士《はかせ》が立《た》ちはだかり、大《おお》きな金色《きんいろ》の十字架《じゅうじか》をかざした。十字架《じゅうじか》を見《み》たルーシーはひるんだようすで、じりじりと後《あと》ずさりをした。その顔《かお》には激《はげ》しいいかりが表《あらわ》れている。目《め》は真《ま》っ赤《か》に光《ひか》り、血《ち》にぬれたくちびるは大《おお》きく開《ひら》かれていた。しばらくの間《あいだ》、ルーシーは四人《よにん》をにらんでいたが、やがて墓《はか》の中《なか》に吸《す》いこまれるようにして消《き》えていった。

「これでわかっただろう。ルーシーは魔物《まもの》に血《ち》を吸《す》われたことで、自分《じぶん》もまた魔物《まもの》になってしまった。これからはルーシーも人《ひと》の血《ち》を吸《す》い続《つづ》けていくことになる。」

ヘルシング博士《はかせ》の言葉《ことば》に、激《はげ》しいショックを受《う》けたアーサーは、もう立《た》っていることができなかった。両手《りょうて》で顔《かお》をおおい、苦《くる》しそうにうめいている。

「博士《はかせ》、どうにかしてルーシーを元《もと》にもどすことはできないのですか？」

「うむ、できなくはない。それには、ルーシーをもう一度《いちど》死《し》なせなくてはならないのだが……。明日《あした》の昼《ひる》に決行《けっこう》しよう。」

博士《はかせ》は、金色《きんいろ》の十字架《じゅうじか》を墓《はか》に結《むす》びつけ、ルーシーが外《そと》へ出《で》られないようにした。

そして、ルーシーがさらってきた子《こ》どもを警察《けいさつ》に届《とど》け、家《いえ》へ帰《かえ》ったのだった。

アーサーの決意《けつい》

次《つぎ》の日《ひ》の昼《ひる》、四人《よにん》は再《ふたた》びハムステッドの墓地《ぼち》に集《あつ》まった。

ルーシーのひつぎを開《あ》けると、中《なか》には血《ち》に染《そ》まったドレスを着《き》たルーシーが静《しず》かに横《よこ》たわっていた。真《ま》っ赤《か》にぬれたくちびるからは、長《なが》い犬歯《けんし》がはみ出《だ》している。

博士《はかせ》が、あらかじめ持《も》ってきた木《き》のぼうをかかげた。太《ふと》さは三《さん》センチ足《た》らず、長《なが》さは三《さん》十《じっ》センチほどあり、先《さき》のほうはえんぴつのようにするどくとがっている。

「これを心臓《しんぞう》に打《う》ちこめば、ルーシーは完全《かんぜん》に死《し》ぬことができる。」

それを聞《き》いて、残《のこ》りの三人《さんにん》は真《ま》っ青《さお》になったが、やがて、意《い》を決《けっ》したようにアーサーが

口《くち》を開《ひら》いた。

「博士《はかせ》、ぼくがやりましょう。ルーシーを救《すく》うためなら。」

「アーサー、よくぞ言《い》ってくれた。それが本当《ほんとう》の愛《あい》というものだ。よし、始《はじ》めよう。」

博士《はかせ》は、いのりの言葉《ことば》が書《か》かれた書物《しょもつ》を声《こえ》に出《だ》して読《よ》みあげた。ジャックとキンシーもそれにならう。

アーサーはルーシーの胸《むね》に木《き》のぼうのとがった先《さき》をあてて、そっと目《め》を閉《と》じた。それから、しっかりとその目《め》を開《あ》けると、手《て》に持《も》ったぼうの頭《あたま》に向《む》かってハンマーをふりおろし、くぎを打《う》つようにしてルーシーの胸《むね》につきさした。

そのとたん、ルーシーのなきがらは体《からだ》をよじって苦《くる》しそうにもがき、口《くち》から真《ま》っ赤《か》な血《ち》をはき出《だ》した。それでも、アーサーは木《き》のぼうを打《う》つ手《て》をとめようとしない。木《き》のぼうはとうとうルーシーの心臓《しんぞう》に達《たっ》し、どくどくと血《ち》があふれ出《だ》して、あたりはまたたく間《ま》に血《ち》の海《うみ》となっていった。

やがて、ルーシーの体《からだ》がぴたりと動《うご》かなくなった。アーサーの手《て》から、ハンマーが落《お》ちる。そのひたいには大《おお》つぶのあせがうかんでいた。

「アーサーよ、よくぞなしとげた。これで、ルーシーは救《すく》われたのだよ。彼女《かのじょ》のたましいは、やっと神《かみ》のもとへたどり着《つ》くことができた。さあ、今《いま》こそルーシーのくちびるに、お別《わか》れのくちづけをしてあげなさい。」

ひつぎにあったのは、すっかりやつれはててこそいたが、みながよく知《し》っている、やさしくおだやかな顔《かお》をしたルーシーだった。

アーサーがくちづけをしたあと、博士《はかせ》はひつぎにふたをしてくぎを打《う》ち、しっかりとふさいだ。

墓《はか》の上空《じょうくう》は晴《は》れわたり、小鳥《ことり》たちの鳴《な》く声《こえ》がひびいていた。

第《だい》6章《しょう》 しのびよる恐怖《きょうふ》

ルーシーが亡《な》くなったって……。

！！

これは……。

ぼくが会《あ》ったドラキュラ城《じょう》の吸血鬼《きゅうけつき》にそっくりだ。それってもしかして……。

ええ、そういうことよ。

その話《はなし》をヘルシング博士《はかせ》たちにしてくれる？今《いま》すぐジャックの病院《びょういん》に集《あつ》まってもらうわ。

ああ、もちろんだよ。

急《いそ》ぎましょう。

ああ……。

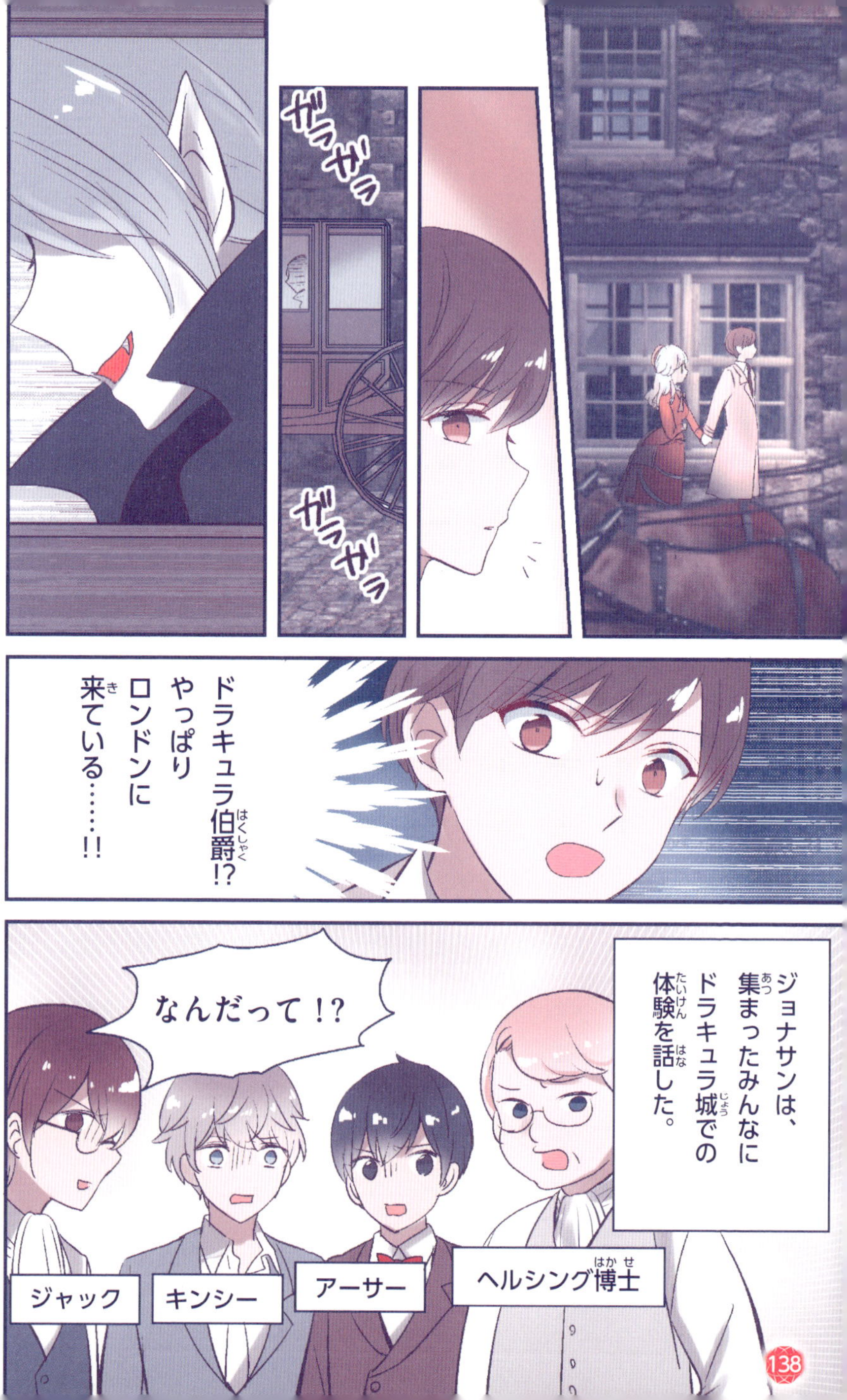
ガラガラ
ガラガラ
ドラキュラ伯爵《はくしゃく》!?
やっぱりロンドンに来《き》ている……!!
ジョナサンは、集《あつ》まったみんなにドラキュラ城《じょう》での体験《たいけん》を話《はな》した。
なんだって!?
ヘルシング博士《はかせ》
アーサー
キンシー
ジャック

しかも、さっき見《み》たんです。馬車《ばしゃ》の中《なか》に伯爵《はくしゃく》がいるのを！
それに、あいつがロンドンに買《か》った屋《や》しきが、
この病院《びょういん》のとなりなんです!!
なんだと!?
ガタ
ああ博士《はかせ》、今《いま》すぐ行《い》きましょう！
ルーシーのかたきだ！
待《ま》てアーサー！
伯爵《はくしゃく》は夜《よる》は家《いえ》にいない。ねらうなら日中《にっちゅう》だ。
今夜《こんや》はここにとめてもらい、明日《あす》行《い》こう。
そ、そうですね。
わたしたちも今日《きょう》はとめてもらいましょう。
そうだな。

翌朝《よくあさ》

ミナとジョナサンが起《お》きて来《こ》ない。
まさか！
ドンドン
ジョナサン！
ミナ！
ガチャ
ジョナサン！無事《ぶじ》か！
うーん……。
ミナは!?
……!!
ガバッ
ミナ!!

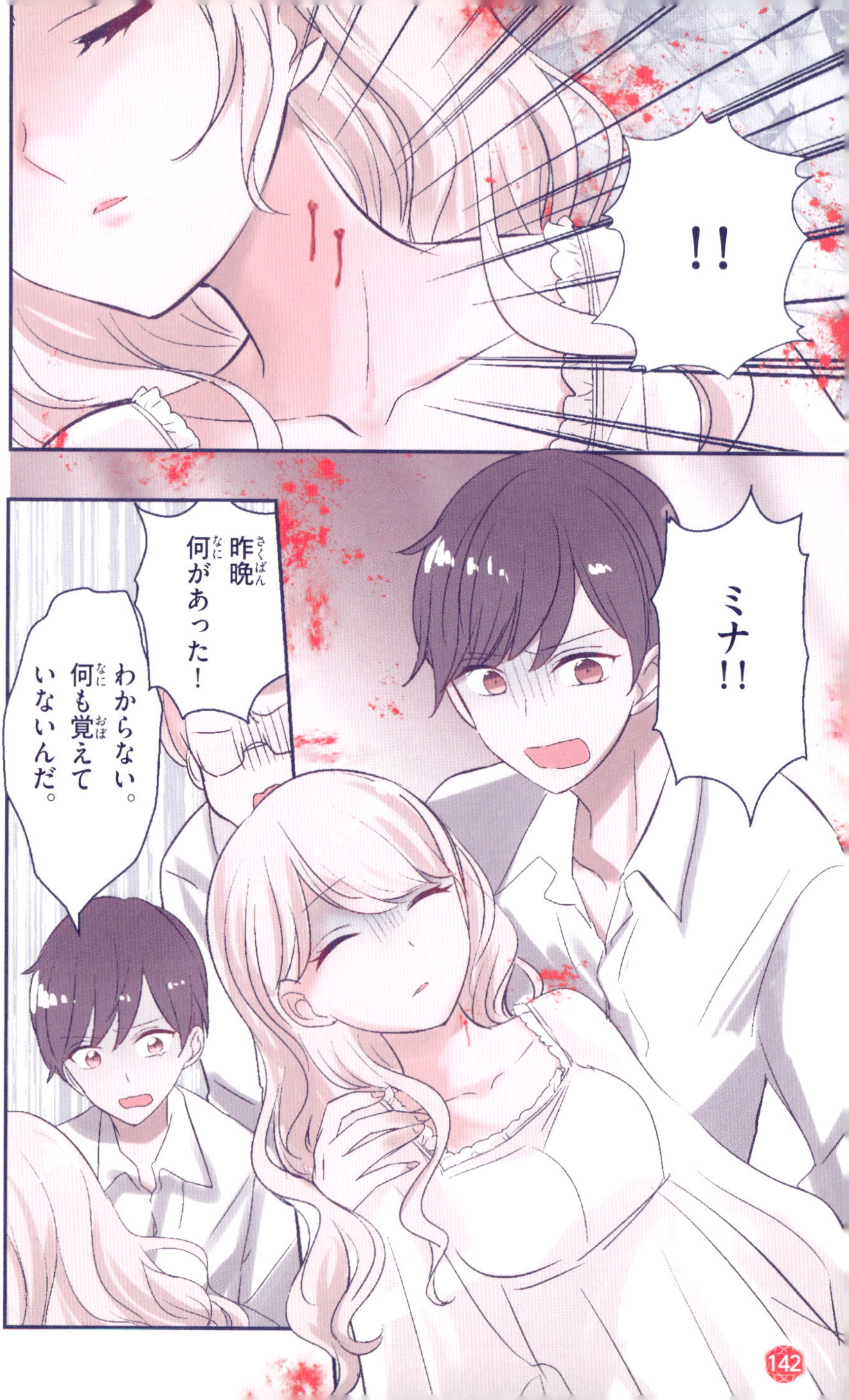
!!
ミナ!!
昨晩《さくばん》何《なに》があった!
わからない。何《なに》も覚《おぼ》えていないんだ。

ドラキュラに
おそわれて
しまったんだ……。
こうしちゃ
いられない！
早《はや》くドラキュラを
さがしに行《い》こう！
うわっ。
なんだこの
血生《ちなま》ぐさい
においは……。
ひつぎが
あるぞ！
もぬけの
からだ……。
どこに
行《い》ったんだ……？
その後《ご》、
ジョナサンたちは
必死《ひっし》に伯爵《はくしゃく》を
さがしたが……

結局《けっきょく》、伯爵《はくしゃく》を見《み》つけることはできなかった。
今夜《こんや》は交代《こうたい》で見張《みは》りをしよう。
ミナが心配《しんぱい》だ。
ああ……。

真夜中《まよなか》
ズシーーン
!!
何《なん》の音《おと》だ!?
二階《にかい》だ!
ミナの部屋《へや》からだ!!
ジョナサン!!
一体《いったい》どうし……

ドラキュラ伯爵《はくしゃく》!!

今《いま》ごろやって来《く》るとは、おろかな者《もの》たちよ。

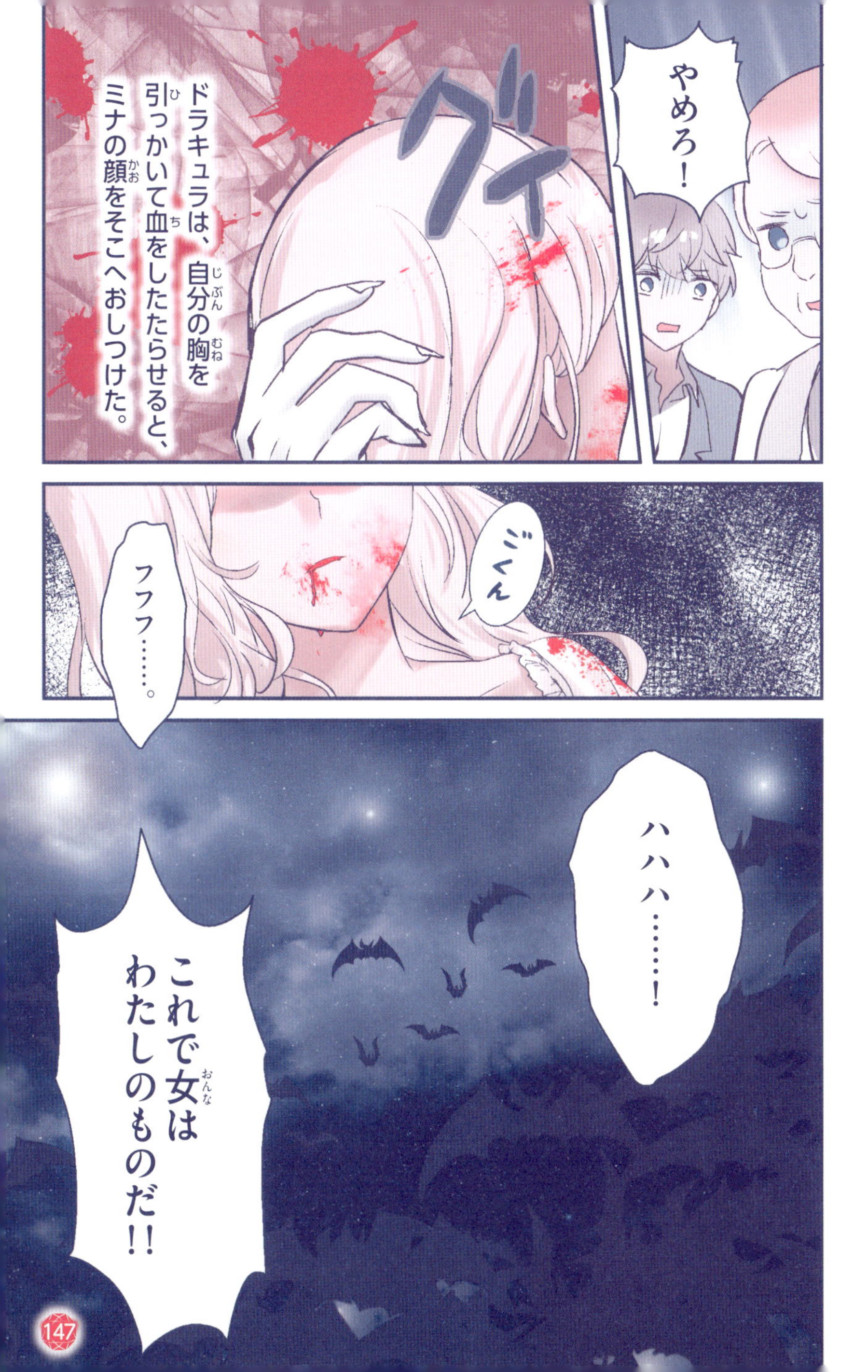
やめろ！
グイ
ドラキュラは、自分《じぶん》の胸《むね》を引《ひ》っかいて血《ち》をしたたらせると、ミナの顔《かお》をそこへおしつけた。
ごくん
フフフ……。
ハハハ……！
これで女《おんな》はわたしのものだ!!

ドラキュラはミナをはなすと、高笑《たかわら》いを残《のこ》して窓《まど》の外《そと》へ飛《と》び出《だ》した。

パンッ！　パンッ！

二発《にはつ》の銃声《じゅうせい》がひびく。

アーサーが窓《まど》から身《み》を乗《の》り出《だ》し、外《そと》に出《で》ていったキンシーに声《こえ》をかけた。

「キンシー、どうした？」

「大《おお》きなコウモリが窓《まど》から飛《と》び出《だ》してきたから、ピストルでうったんだ。カーファックスの屋《や》しきのほうへ飛《と》んでいったが、ふらついていたから命中《めいちゅう》したと思《おも》うよ。」

「よくやってくれた、キンシー！　そのまま見張《みは》りを続《つづ》けてくれ。」

「わかった！」

博士《はかせ》とジャックは、ミナとジョナサンの手当《てあ》てを急《いそ》いだ。

やがて意識《いしき》をとりもどしたジョナサンは、博士《はかせ》から今《いま》しがたの出来事《できごと》を聞《き》いて青《あお》ざめた。

「そんな！　ミナも……魔物《まもの》になってしまうのでしょうか？」

「わからない。だが、そうさせないためにも、ドラキュラをとらえなくては。」

やがて、ジャックの病院《びょういん》の前《まえ》を、ガラガラという大《おお》きな音《おと》をたてて、馬車《ばしゃ》が走《はし》り去《さ》っていった。その直後《ちょくご》、キンシーが部屋《へや》へかけこんで来《き》た。

「大変《たいへん》だっ！　カーファックスの屋《や》しきから、大《おお》きな馬車《ばしゃ》が出《で》ていったんだ。礼拝《れいはい》堂《どう》にあったひつぎが積《つ》まれていた。あれはドラキュラにちがいない！」

「なんだって⁉」

博士《はかせ》は、下《した》くちびるをギュッとかみしめながらつぶやいた。

「しまった。にげられたか……。」

第《だい》7章《しょう》　ドラキュラの最期《さいご》

ドラキュラの行方《ゆくえ》

一週間《いっしゅうかん》たっても、ドラキュラの消息《しょうそく》はわからないままだった。

ドラキュラの血《ち》を飲《の》まされたミナは、昼《ひる》の間《あいだ》にねむり、夜《よる》に目覚《めざ》めるようになっていた。顔色《かおいろ》は日《ひ》ごとに悪《わる》くなり、犬歯《けんし》が少《すこ》しずつのびてきている。

ジョナサンは、心配《しんぱい》で気《き》がおかしくなりそうなのを必死《ひっし》でこらえながら、ミナのそばにつきそっていた。

ある晩《ばん》、ジョナサンたちが応接室《おうせつしつ》で話《はなし》をしていると、そこへミナがやって来《き》た。

「今夜《こんや》はドラキュラが、わたしに呼《よ》びかけているような気《き》がするのです。博士《はかせ》、わたしにさいみん術《じゅつ》をかけてくれませんか？　居場所《いばしょ》がわかるかもしれません。」

そこで、博士《はかせ》はミナにさいみん術《じゅつ》をかけ始《はじ》めた。

「あなたは今《いま》、どこにいますか？ 何《なに》か聞《き》こえますか？」

「やみの……中《なか》に……います。真《ま》っ暗《くら》な……。エンジンの音《おと》と……波《なみ》の音《おと》……。」

声《こえ》がだんだん小《ちい》さくなって、ミナはそのままねむってしまった。

「エンジンと波《なみ》の音《おと》だって？ ドラキュラのやつ、さては船《ふね》に乗《の》ってトランシルバニアの城《しろ》に帰《かえ》ろうとしているんだ！ そうはいくか！」

「うむ。おそらく、ジョナサンの言《い》うとおりだろう。アーサー、朝《あさ》になったら港《みなと》に行《い》ってくれないか。最近港《さいきんみなと》を出《で》た船《ふね》について調《しら》べてほしい。」

「ええ、わかりました。」

次《つぎ》の日《ひ》の昼《ひる》、アーサーが港《みなと》から持《も》ち帰《かえ》ってきた情報《じょうほう》は、かなり有力《ゆうりょく》なものだった。

「一週間前《いっしゅうかんまえ》に出港《しゅっこう》した、ロシアの船《ふね》があやしいですね。行《い》き先《さき》はルーマニアのガラツ。客《きゃく》の中《なか》に、大《おお》きくて重《おも》い箱《はこ》を持《も》ちこんだ、黒《くろ》ずくめの男《おとこ》がいたそうです。」

「よし！　では、わたしとジャック、アーサー、キンシーの四人《よにん》は、汽車《きしゃ》を使《つか》ってガラッに先回《さきまわ》りしよう。ジョナサン、君《きみ》は残《のこ》ってミナのそばに……。」

博士《はかせ》の言葉《ことば》をさえぎって、ミナがこう言《い》った。

「わたしもみなさんと一緒《いっしょ》に行《い》くつもりです。これは、わたし自身《じしん》に深《ふか》くかかわりのあることですから、ここでだまっているわけにはいきません。それに、わたしにさいみん術《じゅつ》をかければ、ドラキュラの動《うご》きを知《し》ることもできますもの。」

「ミナ、あなたはとても勇《ゆう》かんな人物《じんぶつ》だ。わたしはあなたを心《こころ》から尊敬《そんけい》するよ。わかった。ミナとジョナサンも一緒《いっしょ》に、六人《ろくにん》で出発《しゅっぱつ》しよう！」

次《つぎ》の朝《あさ》、六人《ろくにん》はロンドンを出発《しゅっぱつ》した。

一同《いちどう》は、六日後《むいかご》の朝《あさ》にガラッに着《つ》いたが、一足《ひとあし》おそかった。ドラキュラは、前日《ぜんじつ》の昼《ひる》すぎにはすでにガラッに着《つ》いていたのだ。

ドラキュラのひつぎは、小船《こぶね》に乗《の》せられ川《かわ》をさかのぼっていったことがわかった。

「ジョナサンとアーサーは馬《うま》、ジャックとキンシーは蒸気船《じょうきせん》で、その小船《こぶね》を追《お》いかけてほしい。わたしはミナとともに汽車《きしゃ》と馬車《ばしゃ》でドラキュラ城《じょう》を目指《めざ》そう。」

博士《はかせ》の言葉《ことば》に、みんなは力強《ちからづよ》くうなずいた。

ドラキュラ城《じょう》と三人《さんにん》の女《おんな》たち

それから数日《すうじつ》たった朝《あさ》、博士《はかせ》はミナを乗《の》せた馬車《ばしゃ》を、飛《と》ぶようなスピードで走《はし》ら

せていた。ミナはぐったりしてねむっている。

（むむ、なんだこれは？　い、いかん……。）

とつぜん、ものすごいねむ気《け》におそわれ、博士《はかせ》はぎょ者席《しゃせき》に座《すわ》ったままねむりこんでしまった。馬車《ばしゃ》はそのまま険《けわ》しい山道《やまみち》を進《すす》み続《つづ》けていく。

しばらくして目《め》を覚《さ》ました博士《はかせ》は、あたりを見《み》まわしておどろいた。すでにすっかり暗《くら》くなっており、いつのまにか馬車《ばしゃ》はとまっていた。そして、少《すこ》しはなれたところに、大《おお》きな城《しろ》がそびえたっていたのである。

（あれがドラキュラ城《じょう》だな。もう少《すこ》しも油断《ゆだん》できない。今夜《こんや》はここで休《やす》むとしよう。）

博士《はかせ》は、まきを一本手《いっぽんて》に持《も》って馬車《ばしゃ》から降《お》りた。そして、そのまきで地面《じめん》に、馬《ば》車《しゃ》をかこむ大《おお》きな輪《わ》をえがき、その輪《わ》をさらに十字架《じゅうじか》でなぞった。

（よし！　これで、この輪《わ》の中《なか》にはどんな魔物《まもの》も入《はい》ることができない。）

その夜中《よなか》、目《め》を覚《さ》ましたミナが、ふと馬車《ばしゃ》の外《そと》を見《み》ると、近《ちか》くに不気味《ぶきみ》な笑《え》みをうかべた三人《さんにん》の女《おんな》が立《た》っていた。

「だ……だれなの？」

三人《さんにん》は、博士《はかせ》がえがいた輪《わ》のすぐ外側《そとがわ》で、ミナに向《む》かって手招《てまね》きをしている。

「さあ、こちらへいらっしゃい。わたしたちはあなたのお友《とも》だちなのよ。」

そのとき、気配《けはい》に気《き》づいた博士《はかせ》はすばやく立《た》ちあがると、三人《さんにん》に向《む》かって十字架《じゅうじか》をかざした。女《おんな》たちは悲鳴《ひめい》を上《あ》げ、苦《くる》しそうに顔《かお》をゆがめていたが、やがて、ふっと消《き》えてしまった。

朝日《あさひ》がのぼると、博士《はかせ》はねむっているミナを馬車《ばしゃ》に残《のこ》し、一人《ひとり》で城《しろ》の中《なか》へ入《はい》っていった。手《て》には三本《さんぼん》の木《き》のぼうとハンマーを持《も》っている。

（礼拝堂《れいはいどう》はここだな。）

とびらを開《あ》けると、そこには四《よっ》つのひつぎが並《なら》んでいた。一番大《いちばんおお》きなひつぎのふたには、金色《きんいろ》の文字《もじ》で「ドラキュラ」と書《か》いてあったが、中身《なかみ》は空《から》だった。残《のこ》りのひつぎには、昨日《きのう》の晩《ばん》に馬車《ばしゃ》の近《ちか》くまでやって来《き》た三人《さんにん》の女《おんな》が横《よこ》たわっていた。

博士《はかせ》はいのりの言葉《ことば》をとなえつつ、女《おんな》たちの心臓《しんぞう》に次々《つぎつぎ》と木《き》のぼうを打《う》ちこんだ。女《おんな》たちは苦《くる》しそうにもがいたが、最後《さいご》にはおだやかな表情《ひょうじょう》で死《し》んでいった。

つかれきった博士《はかせ》は、やっとの思《おも》いで馬車《ばしゃ》にもどり、ぐっすりとねむりこんだ。

最後《さいご》のたたかい

「博士《はかせ》、ドラキュラがやって来《き》ました。」

夕方《ゆうがた》、博士《はかせ》はミナのふるえる声《こえ》に起《お》こされた。ミナが指《さ》すほうを見《み》ると、青白《あおじろ》い顔《かお》をした男《おとこ》たちが七《しち》、八人《はちにん》、ひつぎを乗《の》せた荷車《にぐるま》をおしていた。

（どうやら、ジョナサンたちは間《ま》に合《あ》わなかったか……。よし、わたしだけでも。）

博士《はかせ》が手《て》に剣《けん》を持《も》ち、一歩前《いっぽまえ》へと進《すす》み出《で》たそのとき、高《たか》らかなひづめの音《おと》があたりにひびいた。ジョナサン、ジャック、アーサー、キンシーがとう着《ちゃく》したのだ。

ジョナサンたちは青白《あおじろ》い顔《かお》の男《おとこ》たちをはねのけると、荷車《にぐるま》からひつぎをひきずりおろした。ひつぎのふたを外《はず》すと、中《なか》にはドラキュラが目《め》を閉《と》じて横《よこ》たわっていた。

とつぜん、その目《め》がカッと開《ひら》き、真《ま》っ赤《か》に光《ひか》った。ドラキュラはひつぎから起《お》き上《あ》がろうとしており、その体《からだ》はすでに大《おお》きなコウモリに変身《へんしん》しかけている。

博士《はかせ》がドラキュラに十字架《じゅうじか》をおしつけた。

「日《ひ》がしずむ前《まえ》におさえつけるんだ！」

ジャックとキンシーが、必死《ひっし》でドラキュラの体《からだ》をおさえつけた。ジョナサンが、ドラキュラの心臓《しんぞう》に木《き》のぼうをつきつける。そこへ、アーサーが何度《なんど》も何度《なんど》もハンマーをふりおろした。

「グググ、グオオオオオーーーッ！」

ドラキュラは激《はげ》しくもがいてのがれようとした。口《くち》からは真《ま》っ赤《か》な血《ち》がドクドクとあふれ出《だ》し、あたりは血《ち》の海《うみ》となっていく。

アーサーは何度《なんど》もハンマーをふるい続《つづ》ける。

しばらくすると、ドラキュラの動《うご》きが完全《かんぜん》にとまった。

「ああ、やっと終《お》わった。われわれはミナを救《すく》うことができた。」

博士《はかせ》が、なみだを流《なが》しているミナの顔《かお》を見《み》て言《い》った。のびていた犬歯《けんし》は元《もと》にもどり、顔色《かおいろ》もよくなっている。ジョナサンはミナを強《つよ》くだきしめた。みんなの目《め》からもなみだがあふれていた。

「ここにいるのは、もはや魔物《まもの》ではない。ようやく死《し》ぬことができた、ただのドラキュラ伯爵《はくしゃく》だ。魔物《まもの》に対《たい》するにくしみは捨《す》て、彼《かれ》のために心《こころ》からめいふくをいのろう。」

博士《はかせ》はドラキュラの胸《むね》にそっと十字架《じゅうじか》を置《お》き、いのりの言葉《ことば》をとなえた。

その瞬間《しゅんかん》、ひつぎにねむるドラキュラの顔《かお》に、かすかなほほえみがうかんだ。

かと思《おも》うと、ドラキュラの体《からだ》はあっという間《ま》にちりとなり、砂《すな》のようにさらさらとくずれ、消《き》え去《さ》ってしまったのだ。

これが、ドラキュラ伯爵《はくしゃく》の最期《さいご》だった。

物語《ものがたり》について知《し》ろう！

「ドラキュラ」の名前《なまえ》は……

15世紀《せいき》のルーマニアに、"竜《りゅう》の子《こ》"を意味《いみ》する「ドラキュラ」の別名《べつめい》を持《も》つヴラド3世《せい》という人物《じんぶつ》がいました。ルーマニアではヴラド3世《せい》は英雄《えいゆう》と言《い》われていますが、敵対《てきたい》した国々《くにぐに》にはざんこくな戦《たたか》いぶりをおそれられていました。吸血鬼《きゅうけつき》「ドラキュラ」の名《な》は、このヴラド3世《せい》からとられています。

言《い》い伝《つた》えから「吸血鬼《きゅうけつき》」へ

ルーマニアがある東《ひがし》ヨーロッパには、「呪《のろ》われた死体《したい》はくさらず、墓《はか》を出《で》てさまよう」という、宗教的《しゅうきょうてき》な古《ふる》い言《い》い伝《つた》えがありました。この言《い》い伝《つた》えが西《にし》ヨーロッパへ伝《つた》わり、「ドラキュラ」などの吸血鬼物語《きゅうけつきものがたり》が生《う》まれるもとになりました。

ブラム・ストーカーについて

1847～1912年《ねん》

アイルランドのダブリン生《う》まれ。体《からだ》が弱《よわ》く、8歳《さい》くらいまで絵《え》や詩《し》を書《か》きながらベッドの上《うえ》で過《す》ごしましたが、成長《せいちょう》して元気《げんき》になり、16歳《さい》のとき名門《めいもん》トリニティ・カレッジに入学《にゅうがく》しました。

劇団《げきだん》の秘書《ひしょ》に

卒業後《そつぎょうご》、劇団《げきだん》の秘書《ひしょ》になります。同《おな》じ頃《ころ》、レ・ファニュの書《か》いた小説《しょうせつ》『女吸血鬼《おんなきゅうけつき》カーミラ』を読《よ》み、吸血鬼《きゅうけつき》の物語《ものがたり》を書《か》きたいと考《かんが》えるようになりました。

伝承《でんしょう》を聞《き》いて…

劇団員《げきだんいん》の紹介《しょうかい》で会《あ》ったハンガリーの学者《がくしゃ》から、東《ひがし》ヨーロッパの吸血鬼伝説《きゅうけつきでんせつ》を聞《き》いたストーカーは、その話《はなし》をもとに物語《ものがたり》をつくり、『ドラキュラ』を書《か》き上《あ》げました。

＜参考文献《さんこうぶんけん》＞

・『吸血鬼《きゅうけつき》ドラキュラ』平井呈一《ひらいていいち》訳《やく》、創元推理文庫《そうげんすいりぶんこ》、1971年《ねん》

・『ドラキュラ物語《ものがたり》』礒野秀和《いそのひでかず》訳《やく》、集英社《しゅうえいしゃ》、1995年《ねん》

ジキルとハイド

もくじ

キャラクター紹介《しょうかい》

物語《ものがたり》の中心《ちゅうしん》となるキャラクターを紹介《しょうかい》します。

ジキル

医師《いし》や法学博士《ほうがくはくし》などのかた書《が》きをもつ、慈善《じぜん》家《か》で名《な》の知《し》れた人物《じんぶつ》。評判《ひょうばん》の悪《わる》いハイドとなぜかつながりがある。

ハイド

不思議《ふしぎ》と人《ひと》をふゆかいな気持《きも》ちにさせる、ゆがんだ顔《かお》をした男《おとこ》。なぜかジキルの信用《しんよう》を得《え》ているらしいが……。

アタスン

ロンドンに住《す》む弁護《べんご》士《し》。古《ふる》い友人《ゆうじん》のジキルから、きみょうな遺言《ゆいごん》状《じょう》を預《あず》かっている。

第《だい》1章《しょう》　なぞの男《おとこ》

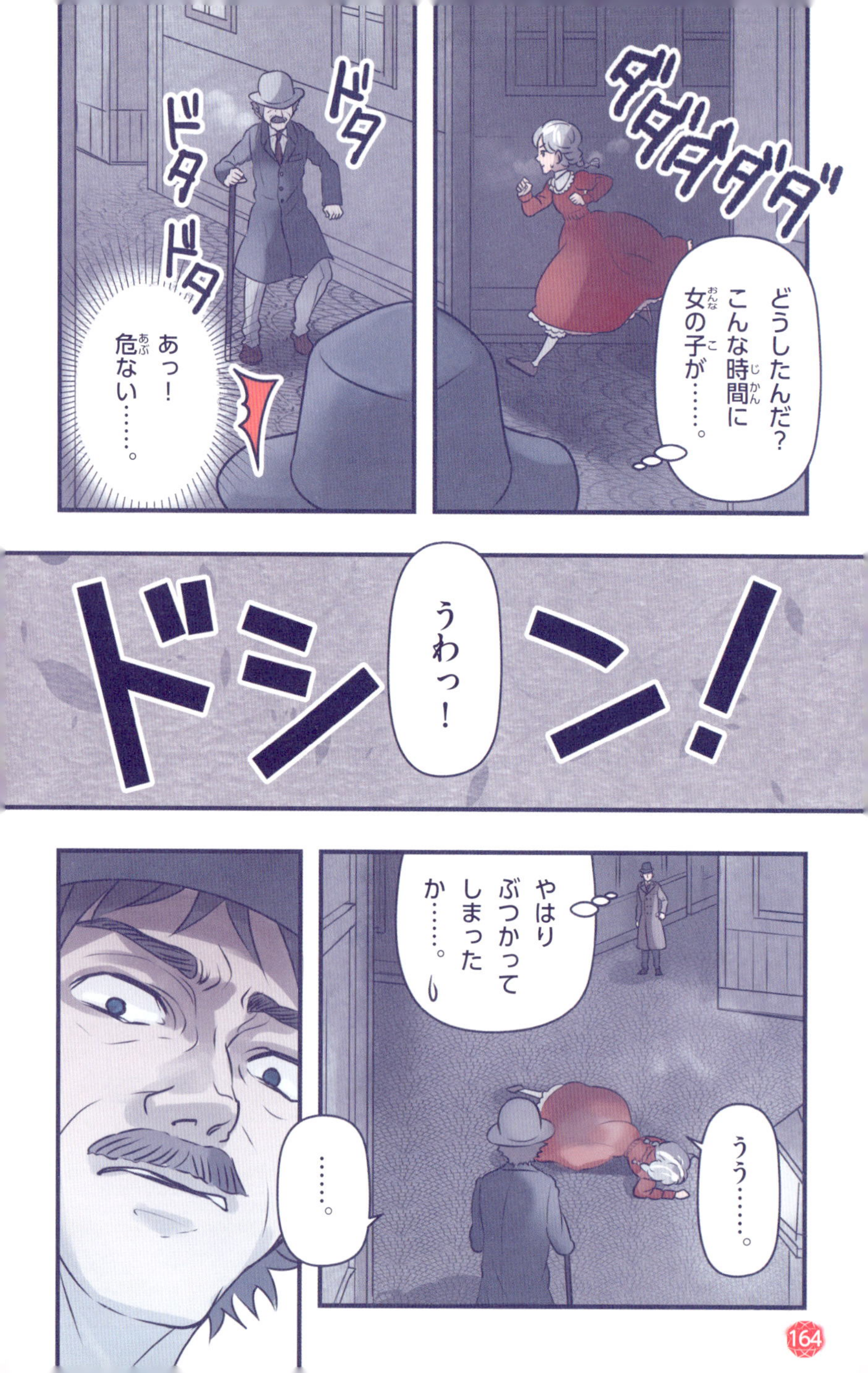
ダダダダダ
どうしたんだ？　こんな時間《じかん》に女《おんな》の子《こ》が……。
ドタドタドタ
あっ！　危《あぶ》ない……。
ドシン！
うわっ！
やはりぶつかってしまったか……。
うう……。
……。

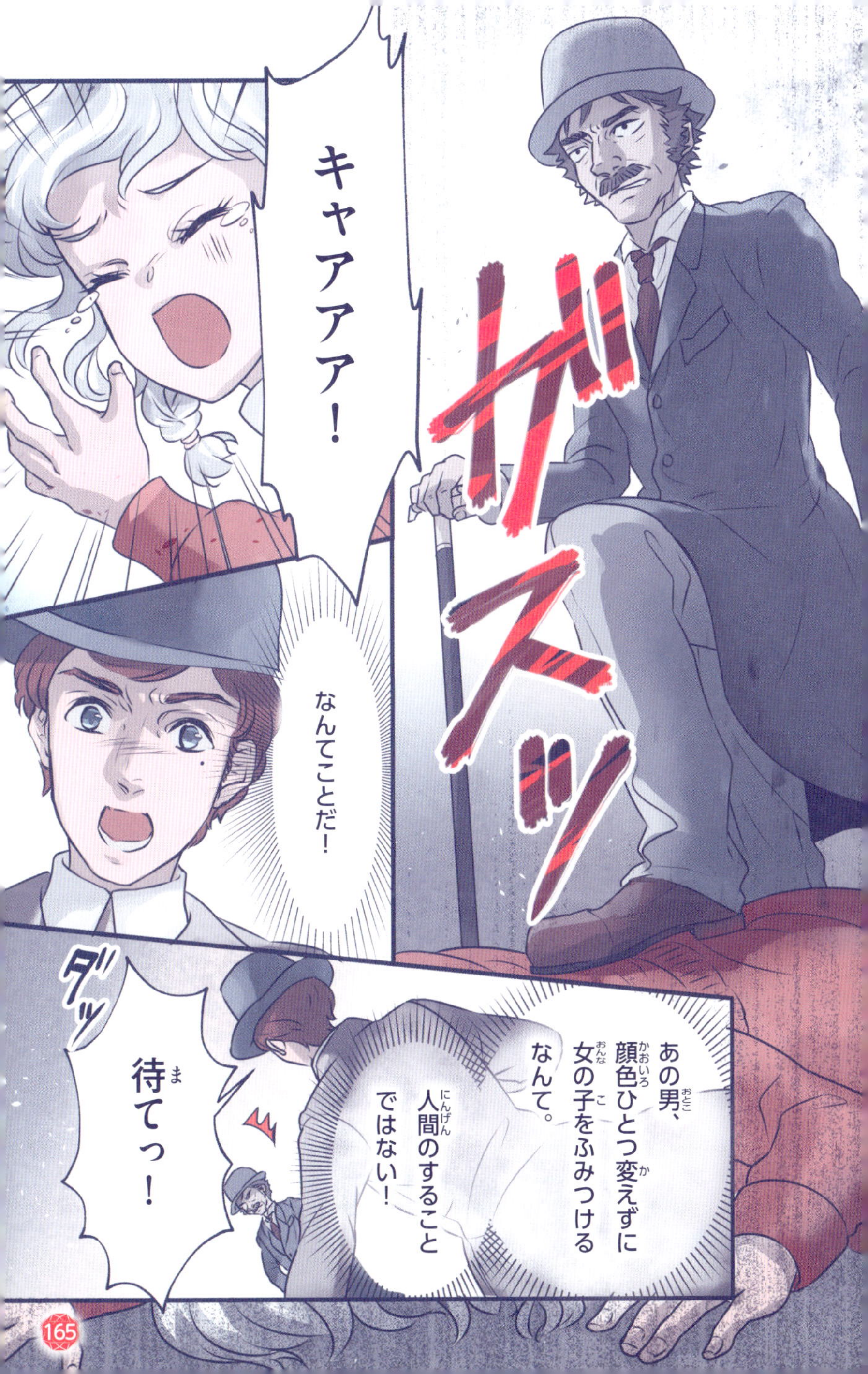
ガスッ
キャアアアア!
なんてことだ!
あの男《おとこ》、顔色《かおいろ》ひとつ変《か》えずに女《おんな》の子《こ》をふみつけるなんて。人間《にんげん》のすることではない!
ダッ
待《ま》てっ!

ガッ
うわっ！
ザワ
ウワーン！
ザワ
一体《いったい》どうしたんだい⁉
おい、おまえ！にげるんじゃない！
ぐっ
ギロ
なんて目《め》つきだ。ゾッとする。
ビクッ

と、とにかく今《いま》は女《おんな》の子《こ》を助《たす》けなければ!
大丈夫《だいじょうぶ》ですか?
それが、泣《な》くばかりで……。
わぁ
わぁ
ああ、ちょうどお医者様《いしゃさま》がいらっしゃった。
実《じつ》は、家族《かぞく》に急病人《きゅうびょうにん》が出《で》て、この子《こ》に医者《いしゃ》を呼《よ》びに行《い》かせたところだったんです。
タッタッ
待《ま》たせたね!
先生《せんせい》、この子《こ》をみてください。さっき男《おとこ》にふみつけられたんです!
なんだって?
わぁあ
あああぁ

どこか痛《いた》むところはあるかい？
けがは転《ころ》んだときのすり傷《きず》程《てい》度《ど》だな。ただ、ショックが大《おお》きかったようだね。
ひっく、ひっく
しらっ
なんだ、こいつ。見《み》ているだけで胸《むね》がムカムカする……。
そう思《おも》ったのは、リチャードだけではなかった。
女《おんな》の子《こ》の家族《かぞく》も、医者《いしゃ》も、男《おとこ》を見《み》ているうちに胸《むね》がムカムカし、強《つよ》いにくしみを感《かん》じた。

幸《さいわ》い、女《おんな》の子《こ》は無事《ぶじ》だったけど、おまえのしたことはあまりにもひどい！

このことをロンドン中《じゅう》に広《ひろ》めてやるぞ。そしたら、おまえはあらゆるものからの信用《しんよう》を失《うしな》うんだ。友《とも》だちもいなくなるぞ！

そうよ！

これはおどしじゃない。本気《ほんき》だぞ！

ふん。

こんなことを種《たね》におれをおどして、金《かね》を取《と》るつもりか。いくらほしいんだ？

ムッ

*ポンド……イギリスのお金《かね》の単位《たんい》。

*小切手《こぎって》……銀行《ぎんこう》にお金《かね》を預《あず》けている人《ひと》が、ほかの人《ひと》にお金《かね》をはらうときに必要《ひつよう》な金額《きんがく》を書《か》いてわたすもの。

いや、
こちらは、正真正銘本物《しょうしんしょうめいほんもの》ですよ。
ええっ！
まっ、まさか！
ふん！
一体《いったい》、どういうことなんだ？
小切手《こぎって》にあった署名《しょめい》は、かなりの有名人《ゆうめいじん》のもの。社会《しゃかい》につくしている立派《りっぱ》な方《かた》だぞ。
あの方《かた》が、こんないまわしい男《おとこ》とどんな関係《かんけい》があるというのだ……。
ゴク…

……とまあ、こういうことがあったんです。

数日後《すうじつご》、リチャードはアタスン弁護士《べんごし》と散歩《さんぽ》をしながら、このきみょうな出来事《できごと》を話《はな》していた。

なるほど……。それで、その女《おんな》の子《こ》をふみつけた男《おとこ》の名《な》はなんというのかね？

男《おとこ》は、ハイドと名乗《なの》りました。

ふむ……。で、どんな男《おとこ》なんだい？

ええっと……。

うまく言《い》えませんが、顔《かお》の感《かん》じがなんだかおかしいんです。
顔《かお》のよし悪《あ》しというよりも、とにかくいやな感《かん》じを受《う》けます。
どこがどうって言《い》うことはできないんですけど、
どこかがゆがんでいるんだと思《おも》います。
……。

君《きみ》は名前《なまえ》を言《い》わなかったが、
わたしはその金持《かねも》ちがだれだか知《し》っているよ。
ガチャン
カチャ
カチ カチ…
カチャリ

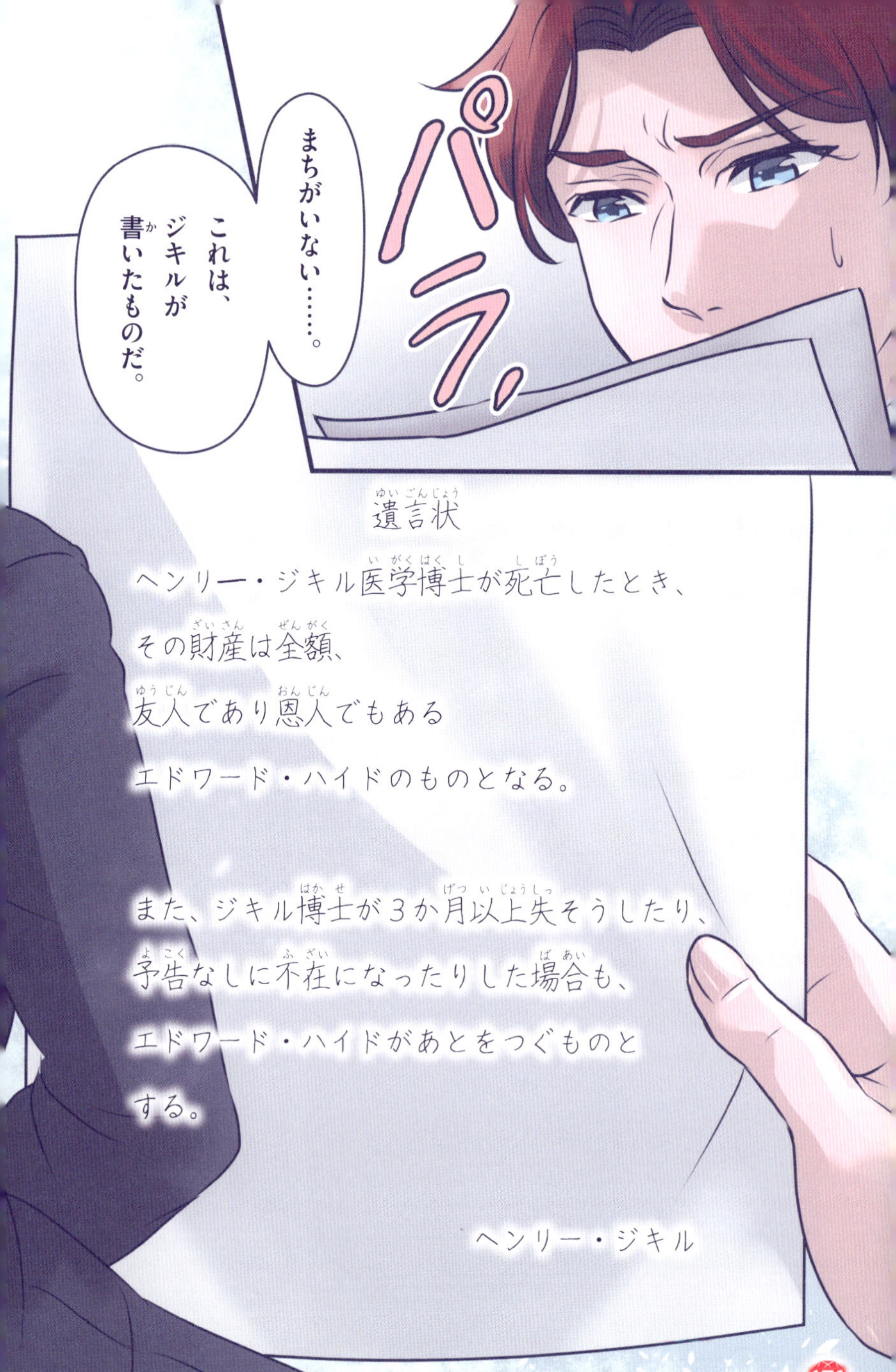

パラ
まちがいない……。
これは、ジキルが書《か》いたものだ。
遺言状《ゆいごんじょう》
ヘンリー・ジキル医学博士《いがくはくし》が死亡《しぼう》したとき、
その財産《ざいさん》は全額《ぜんがく》、
友人《ゆうじん》であり恩人《おんじん》でもある
エドワード・ハイドのものとなる。
また、ジキル博士《はかせ》が3か月以上失《げついじょうしっ》そうしたり、
予告《よこく》なしに不在《ふざい》になったりした場合《ばあい》も、
エドワード・ハイドがあとをつぐものとする。
ヘンリー・ジキル

ジキル……。
一体《いったい》どうしてしまったんだ……。
こんな得体《えたい》のしれない者《もの》へ
全財産《ぜんざいさん》をゆずるとは……。
何《なに》か事情《じじょう》があるんだろうが、
君《きみ》の弁護士《べんごし》で、親友《しんゆう》でもあるわたしに
相談《そうだん》もなしに。

しかも、
このハイドとかいう男《おとこ》、
とんでもないやつのよう
じゃないか。
ジキルの名《な》を
けがすようなことは
してほしくない！
くしゃっ
ハァ…
やはり、こんな遺言状《ゆいごんじょう》を
預《あず》かるべきではなかった……。
エドワード・ハイド……。
一体《いったい》、
何者《なにもの》なんだ……？

第《だい》2章《しょう》 親《しん》友《ゆう》の秘《ひ》密《みつ》

もう一人《ひとり》の親友《しんゆう》

ジキル博士《はかせ》から預《あず》かった遺言状《ゆいごんじょう》を金庫《きんこ》にしまうと、アタスン弁護士《べんごし》はコートをはおり、医者《いしゃ》の町《まち》と言《い》われるキャベンディッシュ・スクエアへ向《む》かった。友人《ゆうじん》であり、一流《いちりゅう》の医者《いしゃ》として有名《ゆうめい》なラニョン博士《はかせ》が、ここで病院《びょういん》を開《ひら》いているのだ。

(ジキルのことを相談《そうだん》できるのは、ラニョンだけだろう。)

アタスンがラニョン家《け》へ着《つ》くと、顔《かお》なじみの執事《しつじ》がすぐに食堂《しょくどう》へ案内《あんない》してくれた。

ラニョンは、一人《ひとり》でワインを飲《の》んでいた。彼《かれ》は、ほがらかで健康的《けんこうてき》、きびきびした態度《たいど》が気持《きも》ちよい赤《あか》ら顔《がお》の紳士《しんし》である。もじゃもじゃしたかみの毛《け》には、年《とし》のわりにしらがが目立《めだ》つが、身《み》だしなみはきちんと整《ととの》っていた。

ラニョンはアタスンの姿《すがた》を見《み》ると、ぱっと立《た》ち上《あ》がり、両手《りょうて》を広《ひろ》げてかんげいした。

二人《ふたり》は小学校《しょうがっこう》から大学《だいがく》まで同《おな》じ学校《がっこう》で、ともに過《す》ごす時間《じかん》を心《こころ》から楽《たの》しめる友人《ゆうじん》だった。そして、おたがいを尊敬《そんけい》し合《あ》っている。

「ラニョン、われわれは、ヘンリー・ジキルの最《もっと》も古《ふる》い友人《ゆうじん》だろう？」

アタスンの言葉《ことば》に、ラニョンは笑《わら》いながら答《こた》えた。

「最《もっと》も古《ふる》いなんて、ずいぶん年《とし》をとったみたいな言《い》い方《かた》だな。それがどうしたんだい？　最近《さいきん》じゃ、彼《かれ》にはめったに会《あ》うこともないが……。」

「そうなのか？　医者同士《いしゃどうし》、親《した》しくしていると思《おも》っていたが。」

「かつてはね。だが、十年以上前《じゅうねんいじょうまえ》から彼《かれ》にはついていけなくなったよ。どうもおかしなことを考《かんが》えるようになったんだ。友人《ゆうじん》だから気《き》にはかけているが、会《あ》うことはない。まったく、どうしてあんな非科学的《ひかがくてき》なことばかり言《い》うようになったのか！」

言《い》いながら頭《あたま》に血《ち》がのぼってきたようで、ラニョンはやや興奮《こうふん》していた。

「どんなに親《した》しい友人《ゆうじん》だって、心《こころ》がはなれてしまうこともあるさ。」

アタスンは、ラニョンの興奮《こうふん》がおさまるのを待《ま》って、例《れい》の話《はなし》を持《も》ち出《だ》した。

「ジキルが遺産《いさん》の相続人《そうぞくにん》としている、ハイドという男《おとこ》を知《し》っているかい？」

「ハイド？　知《し》らないな。まだジキルと会《あ》っていたころには聞《き》かなかった名《な》だよ。」

結局《けっきょく》、アタスンがラニョンから得《え》た情報《じょうほう》はそれだけだった。

一人暮《ひとりぐ》らしの暗《くら》い家《いえ》に帰《かえ》ったアタスンは、ベッドに入《はい》ってからもハイドのことが気《き》になり、なかなかねむれずにいた。

（ジキルはなぜ、あんな男《おとこ》とつき合《あ》っているのか。いや、つき合《あ》わなければならないのか。とにかく、そのハイドという男《おとこ》に会《あ》ってみる必要《ひつよう》がある。）

そう考《かんが》えたアタスンは、ハイドが出入《ではい》りしているという、裏通《うらどお》りのとびらを見張《みは》るようになった。

「あっちがハイド*（かくれる）なら、こっちはシーク*（さがす）だ。」

ハイドという男《おとこ》

そんな日《ひ》が続《つづ》いたある夜《よる》の十時《じゅうじ》ごろ。しもが降《お》りるほどの寒《さむ》さの中《なか》、軽《かろ》やかな足音《あしおと》が近《ちか》づいてきた。アタスンは路地《ろじ》の入口《いりぐち》に身《み》をひそめながら、足音《あしおと》の主《ぬし》を観察《かんさつ》した。やって来《き》たのは、そまつな身《み》なりをした背《せ》の低《ひく》い男《おとこ》だった。遠《とお》くから見《み》ただけ

＊ハイド／シーク……"hide（ハイド）"は「かくれる」という意味《いみ》で、"seek（シーク）"は「さがす」という意味《いみ》の英語《えいご》。

でも、ぞっとするような顔《かお》つきをしている。男《おとこ》はポケットからかぎを取《と》り出《だ》し、慣《な》れたようすでとびらを開《あ》けようとした。

「ハイドさんですか？」

通《とお》りへ出《で》てきたアタスンが、男《おとこ》のかたに手《て》をおいて声《こえ》をかけた。男《おとこ》は少《すこ》しおどろいたようだったが、すぐに落《お》ち着《つ》きをとりもどし、アタスンから顔《かお》をそむけたままこう言《い》った。

「たしかにおれはハイドだが、何《なん》の用《よう》だ？」

「わたしはジキル博士《はかせ》の親友《しんゆう》で、アタスンという弁護士《べんごし》です。ジキルから名前《なまえ》は聞《き》い

ているでしょう。わたしもジキルに会《あ》いたいので、ご一緒《いっしょ》させてください。」

「いや、ジキル博士《はかせ》は留守《るす》だ。」

ハイドは顔《かお》をそむけたまま、アタスンに質問《しつもん》した。

「なぜ、おれのことがわかったんだ?」

「その質問《しつもん》に答《こた》える前《まえ》に、顔《かお》をこちらに見《み》せてほしい。」

アタスンがそう言《い》うと、ハイドはとまどっているようだった。しかし、やがてあごを上《あ》げて、その顔《かお》をアタスンのほうへ向《む》けたのだった。

「さあ、次《つぎ》はおれが聞《き》く番《ばん》だ。なぜ、おれのことがわかった?」

「ジキル博士《はかせ》から、あなたの人相《にんそう》を聞《き》いていましたからね。」

「なんだと! ジキルがそんなことを言《い》うはずがない。このうそつきめ!」

ハイドはおこってそう言《い》うと、すばやくかぎを開《あ》け、あっという間《ま》に建物《たてもの》の中《なか》へ消《き》えていった。

アタスンは、しばらくそこへ立《た》ちつくしていたが、やがてふらふらと歩《ある》き出《だ》した。

（顔色《かおいろ》の悪《わる》い、背《せ》の低《ひく》い男《おとこ》。どことは言《い》えないが、どこかがゆがんでいて、見《み》ているといやな気持《きも》ちになる。それは、あいつのみにくい心《こころ》が外見《がいけん》に表《あらわ》れているからだろう。かわいそうなジキル。どんな理由《りゆう》であんな男《おとこ》とつき合《あ》っているのか？）

アタスンは、その建物《たてもの》の裏《うら》にある立派《りっぱ》な屋《や》しきの前《まえ》へやって来《き》た。そして、ジキル博士《はかせ》が在宅《ざいたく》かどうかたずねると、顔《かお》なじみの年老《としお》いた執事《しつじ》、プールが出《で》てきた。

「アタスン先生《せんせい》、ジキル博士《はかせ》は出《で》かけておられます。」

「そうか。プール、先《さき》ほどハイドという人物《じんぶつ》が、裏《うら》の建物《たてもの》へ入《はい》っていった。あっちは、以前《いぜん》ジキル博士《はかせ》が実験室《じっけんしつ》として使《つか》っていた建物《たてもの》だろう？　はなれとはいえ、博《は》士《せ》の留守《るす》に彼《かれ》が屋《や》しきに勝手《かって》に出入《ではい》りしてもいいのかね？」

「ええ。ハイド氏《し》はあの建物《たてもの》のかぎをお持《も》ちですから。わたくしどもも、ハイド氏《し》の言《い》いつけにしたがうようにと、ジキル博士《はかせ》から言《い》われております。」

「それなら、博士《はかせ》はよほどハイド氏《し》を信用《しんよう》しているのだね。しかし、わたしはジキルとは長《なが》いつき合《あ》いだが、彼《かれ》にはさっき初《はじ》めて会《あ》ったよ。」

「そうでしょうね。ハイド氏《し》と博士《はかせ》が同席《どうせき》されることはまずありませんから。ハイド氏《し》はあちらの建物《たてもの》の入口《いりぐち》から出入《では》りなさっています。」

「そうか。ありがとう、プール。今日《きょう》は帰《かえ》るとするよ。おやすみ。」

裏口《うらぐち》からとはいえ、ハイドがジキルの屋《や》しきに自由《じゆう》に出入《では》りしているという事実《じじつ》が、アタスンをさらになやませた。

（ジキルよ、一体君《いったいきみ》はどんな罪《つみ》のせいで、こんな目《め》にあっているんだ？ハイドがもし、わたしが預《あず》かっている遺言状《ゆいごんじょう》のことを知《し》ったら、早《はや》く遺産《いさん》を手《て》に入《い》れようと、君《きみ》の命《いのち》をねらうかもしれない。そんなことをさせるものか。君《きみ》を助《たす》けられるのはわたししかいないのだ。）

口《くち》出《だ》し不要《ふよう》

それから二週間《にしゅうかん》ほどたったある夜《よる》。アタスン弁護士《べんごし》は、ジキル博士《はかせ》が開《ひら》いたパーティに招《まね》かれた。アタスンはほかの客《きゃく》が帰《かえ》るのをじっと待《ま》ち、ジキルと二人《ふたり》になるチャンスをうかがっていた。

ジキルは、背《せ》が高《たか》くてかっぷくのよい、五十歳《ごじっさい》くらいの紳士《しんし》だ。いかにも頭《あたま》がよく、すきのなさそうなふんいきがある。

彼《かれ》は、親友《しんゆう》のアタスンと、二人《ふたり》でおだやかな時間《じかん》を過《す》ごせることを喜《よろこ》んでいた。

「ジキル、実《じつ》は君《きみ》とずっと話《はなし》をしたかったんだ。例《れい》の遺言状《ゆいごんじょう》のことでね。」

アタスンがそう切《き》り出《だ》すと、ジキルは少《すこ》しふゆかいそうな顔《かお》をした。

「やっぱり、あんな遺言《ゆいごん》はよくない。わたしは先日《せんじつ》、ハイドという人物《じんぶつ》にも会《あ》った。それに、彼《かれ》にまつわるおそろしい話《はなし》を聞《き》いたこともある。」

「アタスン、君《きみ》の言《い》うことはよくわかるよ。しかし、わたしは今《いま》、とてもみょうな立場《たちば》にあるんだ。話《はな》してもわかってもらえまい。」

「ジキル、君《きみ》とわたしの仲《なか》じゃないか。力《ちから》になるから何《なん》でも話《はな》してほしい。」

「君《きみ》の気持《きも》ちはうれしいよ、アタスン。でも、わたしはハイドに弱《よわ》みをにぎられて、あの遺言状《ゆいごんじょう》を書《か》いたわけではないんだ。わたしとハイドは、いつでも好《す》きなときにえんを切《き》ることができる関係《かんけい》なんだよ。君《きみ》の心配《しんぱい》には心《こころ》から感謝《かんしゃ》するけど、どうかこれ以上《いじょう》、個人的《こじんてき》なことには口出《くちだ》ししないでほしい。」

アタスンはしばらくだまっていたが、やがて
「わかった。君《きみ》を信《しん》じよう。」

と言《い》って立《た》ち上《あ》がった。

「ハイドが君《きみ》に会《あ》ったとき、無礼《ぶれい》な態度《たいど》をとったのかもしれない。でも、もしわたしが死《し》んだら、ハイドのことをゆるして、遺言《ゆいごん》どおりに遺産《いさん》をわたしてやってほしいんだ。わたしにめんじて、ハイドを助《たす》けてやってほしい。」

「わたしはあの男《おとこ》を好《す》きにはなれないが……。君《きみ》がそこまで言《い》うなら、わかった。約束《やくそく》するよ。」

アタスンはため息《いき》まじりにそう言《い》った。

第《だい》3章《しょう》 消《き》えたハイド

殺人事件《さつじんじけん》

ときは流《なが》れて、アタスン弁護士《べんごし》が初《はじ》めてハイド氏《し》と会《あ》ってから、一年《いちねん》ほど経《た》ったころ。ロンドン市民《しみん》をふるえあがらせるような、おそろしい事件《じけん》が起《お》こった。

事件《じけん》を目《もく》げきしたのは、とあるお屋《や》しきでお手伝《てつだ》いをしているむすめだった。

夜《よる》の十一時《じゅういちじ》ごろ、むすめは二階《にかい》の寝室《しんしつ》の窓《まど》ぎわで、あれこれ考《かんが》えごとをしていた。その夜《よる》はめずらしく、ロンドン名物《めいぶつ》のきりがかかっていなかった。しかも満月《まんげつ》だったので、二階《にかい》の窓《まど》からは下《した》の通《とお》りがよく見《み》えた。

そのうち、通《とお》りを歩《ある》く老紳士《ろうしんし》の姿《すがた》が、むすめの目《め》に入《はい》った。身《み》なりの整《ととの》った人物《じんぶつ》だ。すると、今度《こんど》は小《こ》がらな男《おとこ》が、紳士《しんし》とは反対《はんたい》のほうから歩《ある》いてきた。

二人《ふたり》は、ちょうどむすめがいる窓《まど》の下《した》あたりで出会《であ》った。老紳士《ろうしんし》は、小《こ》がらな男《おとこ》に対《たい》し、軽《かる》く頭《あたま》を下《さ》げてから何《なに》やら話《はな》しかけたようだった。

月明《つきあ》かりに照《て》らされた男《おとこ》の顔《かお》を見《み》て、むすめははっとした。

（あれは、ハイド氏《し》だわ！）

むすめがつとめるお屋《や》しきに、ハイドが客《きゃく》として来《き》たことがあった。なぜかはよくわからないが、とにかくいやな男《おとこ》だという印象《いんしょう》が強《つよ》く、顔《かお》を覚《おぼ》えていたのだ。

ハイドは手《て》に太《ふと》いつえを持《も》っていた。それをもてあそびながら紳士《しんし》のほうを見《み》ていたが、とつぜん、激《はげ》しくおこり出《だ》した。おどろいた紳士《しんし》が身《み》を引《ひ》くと、ハイドはさらにおこって、紳士《しんし》になぐりかかった。そして、たおれた紳士《しんし》の体《からだ》をけとばしたり、つえで打《う》ったりしたのだ。ハイドがつえをふりおろすたびに、骨《ほね》がくだける音《おと》がひびき、紳士《しんし》の体《からだ》がのけぞった。

あまりにむごたらしい光景《こうけい》を見《み》ているうちに、むすめは気《き》を失《うしな》ってしまった。

気《き》がついたむすめが警察《けいさつ》にかけこんだときには、すでに午前二時《ごぜんにじ》を過《す》ぎていた。ハイドの姿《すがた》はなく、傷《きず》だらけの老紳士《ろうしんし》の死体《したい》が通《とお》りに放《ほう》り出《だ》されたままだった。

凶器《きょうき》となったつえは、とてもかたい木《き》でつくられていたが、ハイドがあまりに激《はげ》しく打《う》ちつけたので折《お》れてしまっている。半分《はんぶん》だけ、そばの排水溝《はいすいこう》に残《のこ》されていたが、もう半分《はんぶん》は見《み》つからなかった。

老紳士《ろうしんし》の持《も》ち物《もの》は、さいふと金時計《きんどけい》だけ。めいし入《い》れがなく、身元《みもと》がわからない。さらに調《しら》べると、切手《きって》をはったふうとうが見《み》つかった。アタスン弁護士《べんごし》あての手紙《てがみ》だった。

夜《よる》が明《あ》けると、警官《けいかん》がアタスンのもとを訪《たず》ねてきた。事件《じけん》について聞《き》いたアタスンは、警察《けいさつ》の死体安置所《したいあんちじょ》へ出向《でむ》いた。

「これは……。ひ害者《がいしゃ》はダンバーズ・カルー卿《きょう》です。まちがいありません。」

ダンバーズ卿《きょう》は名《な》の知《し》れた人物《じんぶつ》だったため、警察署内《けいさつしょない》は急《きゅう》にあわただしくなった。

「なに！　これは大事件《だいじけん》だ。アタスン弁護士《べんごし》、ぜひそうさにご協力《きょうりょく》ください！」

ロンドン警視庁《けいしちょう》のニューコモン警視《けいし》が、むすめが見《み》た一部始終《いちぶしじゅう》をアタスンに話《はな》した。ハイドという名《な》を聞《き》いていやな気分《きぶん》になったアタスンだったが、凶器《きょうき》であるつえの一部《いちぶ》を見《み》て、さらにぎょっとした。そのつえは、彼《かれ》がかつてジキルにプレゼントしたものだったのだ。

アタスンは警視《けいし》とともに、暗《くら》くてわびしい通《とお》りにあるハイドの家《いえ》を訪《たず》ねた。ハイドは留守《るす》だったが、部屋《へや》の中《なか》には折《お》れたつえの半分《はんぶん》が残《のこ》されていた。

「こんなしょうこを残《のこ》しておくとは。ハイドがつかまるのも、時間《じかん》の問題《もんだい》ですな。」

警視《けいし》の声《こえ》は明《あか》るかったが、そう簡単《かんたん》にはいかなかったのである。ハイドには家族《かぞく》も親《した》しい人《ひと》もいなかった。写真《しゃしん》もなかったため、人相書《にんそうが》きをつくろうにも、見《み》る人《ひと》によって言《い》うことが大《おお》きくちがっていたのだ。

◇ハイドからの手紙《てがみ》◇◇◇

その日《ひ》の夕方《ゆうがた》、アタスン弁護士《べんごし》は暗《くら》い気持《きも》ちでジキル博士《はかせ》の屋《や》しきを訪《たず》ねた。執事《しつじ》のプールが、アタスンを例《れい》のはなれの建物《たてもの》へ案内《あんない》してくれた。かつて有名《ゆうめい》な外科医《げかい》が解《かい》ぼう室《しつ》として使《つか》っていたものを、ジキルが買《か》い取《と》ったのだ。化学《かがく》に興味《きょうみ》のあったジキルが改造《かいぞう》して化学実験室《かがくじっけんしつ》にしたのである。

アタスンがここに足《あし》をふみ入《い》れたのは初《はじ》めてだった。実験室《じっけんしつ》を通《とお》りぬけ、つきあたりの階段《かいだん》をのぼると、その先《さき》にジキルの書《しょ》さいがあった。

書《しょ》さいはわりと大《おお》きな部屋《へや》だった。ガラス戸《ど》のたなや机《つくえ》のほかに姿見《すがたみ》がある。火《ひ》が燃《も》えるだんろのわきに、つかれた顔《かお》をしたジキルが座《すわ》っていた。

「事件《じけん》のことは、君《きみ》ももう知《し》っているんだろう？」

プールが去《さ》るとすぐ、アタスンが切《き》り出《だ》した。

「わたしは君《きみ》の弁護士《べんごし》であると同時《どうじ》に、ダンバーズ卿《きょう》の弁護士《べんごし》もしているからね。ジキル、君《きみ》はまさか容疑者《ようぎしゃ》をかくまってはいないだろうね？」

「アタスン、神《かみ》にちかって言《い》うよ。わたしはもう二度《にど》とハイドには会《あ》わない。あの男《おとこ》とはすっぱりえんを切《き》る。わたしがあいつを助《たす》ける必要《ひつよう》なんて、どこにもない。」

「本当《ほんとう》か？　ハイドがたいほでもされたら、君《きみ》の名前《なまえ》に傷《きず》がつくんだぞ。」

「大丈夫《だいじょうぶ》さ。この自信《じしん》にはちゃんとした根《こん》きょがある。教《おし》えることはできないがね。ところで、ひとつだけ君《きみ》にたのみがある。実《じっ》はハイドから手紙《てがみ》をもらったんだ。アタスン、君《きみ》に預《あず》けてもいいかな？　君《きみ》なら信《しん》らいできるからね。」

アタスンはジキルから受《う》け取《と》った手紙《てがみ》を読《よ》んだ。手紙《てがみ》は、わざとらしいくらいまっすぐな字《じ》で書《か》かれていて、エドワード・ハイドというサインもある。

自分《じぶん》はジキル博士《はかせ》に世話《せわ》になっておきながら何《なん》の恩《おん》も返《かえ》せなかったが、絶対《ぜったい》に見《み》つからないにげ道《みち》があるから、事件《じけん》のことで博士《はかせ》に迷《めい》わくをかけることはないという内容《ないよう》が書《か》かれていた。

「そういえば、ふうとうはどうしたんだい？」

アタスンが聞《き》くと、ジキルはこう答《こた》えた。

「それが、うっかり燃《も》やしてしまったんだ。消印《けしいん》はなかったから、郵便《ゆうびん》あつかいではなく、だれかにたのんで直接届《ちょくせつとど》けたんだろう。」

「わかった。この手紙《てがみ》を預《あず》かろう。」

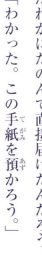

アタスンは屋《や》しきを出《で》るとき、博士《はかせ》あての手紙《てがみ》を届《とど》けにきた人物《じんぶつ》について、プールに質問《しつもん》した。しかし、プールはそんな人物《じんぶつ》は来《き》ていないと答《こた》えた。

(ジキルの言《い》うことは本当《ほんとう》だろうか？　この事件《じけん》はしんちょうに対応《たいおう》するべきだ。)

そう考《かんが》えたアタスンは、自分《じぶん》の弁護士事務所《べんごしじむしょ》で副所長《ふくしょちょう》をしているゲストに、ハイドの手紙《てがみ》を見《み》せて意見《いけん》を聞《き》くことにした。ゲストは信《しん》らいできる人物《じんぶつ》であり、*筆跡《ひっせき》鑑定《かんてい》にもくわしかったからだ。

食《く》いいるように手紙《てがみ》を読《よ》んでいたゲストが、やがて意外《いがい》なことを口《くち》にした。

「この筆跡《ひっせき》には見覚《みおぼ》えがあります。あ、そこにある手紙《てがみ》を借《か》りてもいいですか？」

ゲストが指《さ》したのは、ジキル博士《はかせ》からの夕食《ゆうしょく》の招待状《しょうたいじょう》だった。ゲストは、ハイドが書《か》いたという手紙《てがみ》と、ジキル博士《はかせ》の招待状《しょうたいじょう》を見比《みくら》べて、こんなことを言《い》った。

「非常《ひじょう》に興味深《きょうみぶか》いですね。この二《ふた》つの手紙《てがみ》の文字《もじ》には共通点《きょうつうてん》があります。字《じ》の向《む》きが少《すこ》しちがっているだけで、同《おな》じ人物《じんぶつ》によって書《か》かれたと言《い》ってもいいでしょう。」


*筆跡鑑定《ひっせきかんてい》……書《か》かれた文字《もじ》の特徴《とくちょう》やくせを見比《みくら》べて、同一人物《どういつじんぶつ》が書《か》いたものかどうか見分《みわ》けること。

「なんだって⁉　……いいかい、ゲスト。このことはだまっておいてくれ。」

（なんということだ。ジキルが殺人者《さつじんしゃ》のふりをして手紙《てがみ》を書《か》くなんて！）

ゲストが帰《かえ》ると、アタスンは例《れい》の手紙《てがみ》を金庫《きんこ》にしまった。

アタスンは、全身《ぜんしん》の血《ち》がこおりついていくような気持《きも》ちになった。

◆絶交《ぜっこう》◆◆◆

ハイドの消息《しょうそく》は、その後《ご》まったくわからなかった。まるで、けむりのように消《き》えうせてしまったのである。

悪《わる》い友人《ゆうじん》とえんを切《き》ったおかげか、ジキル博士《はかせ》の暮《く》らしが変《か》わり始《はじ》めた。一人《ひとり》で家《いえ》にこもるのをやめ、友人《ゆうじん》たちとの交流《こうりゅう》をさかんにするようになったのだ。その表情《ひょうじょう》も、以前《いぜん》より明《あか》るくなったように見《み》えた。

二《に》か月間《げつかん》ほど、ジキルはそんなふうに過《す》ごした。一月八日《いちがつようか》には、自分《じぶん》の屋《や》しきでパーティを開《ひら》き、アタスンやラニョンも招《まね》いた。三人《さんにん》は久《ひさ》しぶりに、仲《なか》がよかった昔《むかし》のように親《した》しく話《はな》すことができたのだった。

ところが、それから間《ま》もなくの一月十二日《いちがつじゅうににち》、アタスンがジキルの屋《や》しきを訪《たず》ねると、プールに追《お》い返《かえ》されてしまった。それからはアタスンがいつ行《い》っても、追《お》い返《かえ》されるようになったのだ。元気《げんき》になったジキルが、なぜまた引《ひ》きこもってしまったのか。心配《しんぱい》になったアタスンは、ラニョンのもとへ相談《そうだん》に出《で》かけた。

しかし、アタスンはラニョンの部屋《へや》で、信《しん》じられない状《じょう》きょうに直面《ちょくめん》した。ついこの前会《まえあ》ったときには元気《げんき》だったラニョンが、今《いま》にも死《し》にそうなのである。血色《けっしょく》のよかった顔《かお》は紙《かみ》のように白《しろ》くなり、げっそりとやせほそっていた。かみの毛《け》もだいぶぬけおちている。まるで、ひと晩《ばん》で十年《じゅうねん》も年《とし》をとったかのようだった。

「アタスン、わたしはもうすぐ死《し》ぬよ。とてつもなくおそろしいことがあって、もう立《た》ち上《あ》がることができなくなった。あと一《いち》、二週間《にしゅうかん》の命《いのち》だろう。」

「そんな……。ラニョン、ジキルも病気《びょうき》のようだ。最近《さいきん》、会《あ》ったかい？」

ジキルの名《な》を聞《き》くと、ラニョンは急《きゅう》に表情《ひょうじょう》をこわばらせた。

「あいつの話《はなし》はやめてくれ！　あいつとは絶交《ぜっこう》だ。あんなやつはもう、死《し》んだも同《どう》然《ぜん》なんだ！　ジキルの話《はなし》を続《つづ》けたいのなら、もう出《で》て行《い》ってくれ！」

（何《なに》がどうなっているんだ？　つい先日《せんじつ》、三人《さんにん》で笑《わら》い合《あ》ったばかりだというのに。）

家《いえ》に帰《かえ》ったアタスンは、ジキルに手紙《てがみ》を書《か》いた。どうして、会《あ》ってくれないのか。どうして、ラニョンと絶交《ぜっこう》することになったのか。理由《りゆう》を聞《き》かせてほしい、と。

次《つぎ》の日《ひ》、ジキルから長《なが》い返事《へんじ》が届《とど》いたが、結局《けっきょく》アタスンの質問《しつもん》に対《たい》する答《こた》えはなかった。とにかく、そっとしておいてほしい。これがジキルの願《ねが》いだった。

第《だい》4章《しょう》 書《しょ》さいの中《なか》にいる男《おとこ》

ラニヨンの死《し》

まもなく、ラニヨン博士《はかせ》が亡《な》くなった。

葬式《そうしき》から帰《かえ》ったアタスン弁護士《べんごし》は、悲《かな》しみにしずんだまま、弁護士事務所《べんごしじむしょ》に引《ひ》きこもった。そして、生前《せいぜん》、ラニヨンが送《おく》ってきていたふうとうを取《と》り出《だ》した。

ふうとうには、こう書《か》いてあった。

「J《ジェイ》・G《ジー》・アタスン以外《いがい》の者《もの》は開《かい》ふうしないこと。」

おそるおそるふうを開《あ》けると、中《なか》にさらに別《べつ》のふうとうが入《はい》っていた。そこには、

「ヘンリー・ジキル博士《はかせ》が死亡《しぼう》または失《しっ》そうした場合《ばあい》にのみ開《かい》ふうすること。」

と書《か》かれている。

アタスンは、自分《じぶん》の目《め》を疑《うたが》った。ジキルから預《あず》かった遺言状《ゆいごんじょう》にも同《おな》じように「失《しっ》そう」の言葉《ことば》があった。しかし、それはハイドがジキルの遺産《いさん》を早《はや》く手《て》に入《い》れるために、無理《むり》に書《か》かせたものだと思《おも》っていたのだ。

（なぜ、ラニョンまで「ジキルが失《しっ》そう」する可能性《かのうせい》が高《たか》いと考《かんが》えたのだろう？）

疑問《ぎもん》に思《おも》いながらも、アタスンは事務所《じむしょ》の金庫《きんこ》のおくにふうとうをしまいこんだ。

その後《ご》も、アタスンが何度《なんど》訪《たず》ねようと、ジキルは顔《かお》を見《み》せてはくれなかった。プールによると、ジキルは最近《さいきん》、はなれにある書《しょ》さいからほとんど出《で》てこないらしい。次第《しだい》に、アタスンの足《あし》も遠《とお》のいていった。

◇失《しっ》そう？◇◇◇

三月《さんがつ》のある夜《よる》。夕食後《ゆうしょくご》、くつろいでいたアタスンを、ジキルの執事《しつじ》プールが訪《たず》ねてきた。

「どうしたんだい？　ジキルに何《なに》かあったのか？」

「アタスン先生《せんせい》、ジキル博士《はかせ》は相変《あいか》わらず書《しょ》さいにこもりっきりなのですが、どうもようすがおかしいんです。わたしはもう、不安《ふあん》でたまらなくて……。」

「どういうことだね？　何《なに》がそんなに不安《ふあん》なんだい。話《はな》してくれないか。」

「ええ。その……殺人《さつじん》が起《お》こったのではないかと……。くわしいことは言《い》えません。とにかく先生《せんせい》の目《め》で確《たし》かめてほしいのです。」

アタスンは急《いそ》いで身《み》じたくを整《ととの》えると、プールとジキルの屋《や》しきへ向《む》かった。

屋《や》しきの中《なか》へ入《はい》ると、げんかんに近《ちか》い広間《ひろま》に使用人《しようにん》たちが集《あつ》まっていた。みんなおびえるようにして身《み》を寄《よ》せ合《あ》っている。

「先生《せんせい》、わたしと一緒《いっしょ》に書《しょ》さいへ行《い》き、そこにいる者《もの》の声《こえ》を聞《き》いてください。」

プールの言葉《ことば》にアタスンはうろたえたが、ともにはなれにある書《しょ》さいへと向《む》かった。プールはふるえる手《て》で書《しょ》さいのドアをたたくと、こう言《い》った。

「ジキル博士《はかせ》、アタスン先生《せんせい》がお見《み》えになっております。」

すると、きげんの悪《わる》そうな声《こえ》が帰《かえ》ってきた。

「だれにも会《あ》わないと言《い》いなさい。」

書《しょ》さいをはなれて、屋《や》しきのほうへもどってから、プールがアタスンにたずねた。

「先生《せんせい》、あれがジキル博士《はかせ》の声《こえ》だと思《おも》いますか？」

「いや、なんだか変《か》わってしまったようだ……。」

「わたしは、二十年《にじゅうねん》も博士《はかせ》に仕《つか》えてきた身《み》です。声《こえ》をまちがえるはずがありません。アタスン先生《せんせい》、博士《はかせ》はきっと殺《ころ》されたのです。そして、その犯人《はんにん》

があそこにいるのではないでしょうか？」

「なんだって！　万一《まんいち》、ジキルが殺《ころ》されたとしても、犯人《はんにん》はとっくににげているはずだろう。なぜ、ここにとどまる必要《ひつよう》がある？」

「とにかく、ここ数日《すうじつ》、書《しょ》さいにこもっているやつは、何《なに》かの薬《くすり》を手《て》に入《い》れようと必死《ひっし》なのです。最近《さいきん》、博士《はかせ》は書《しょ》さいのドアをすっかり閉《し》めきり、買《か》ってきてほしいものは、メモに書《か》いておいていました。何《なに》に使《つか》うのかはわかりませんが、日《ひ》に二度《にど》も三度《さんど》も薬《くすり》を買《か》いに行《い》かせるのです。」

プールは興奮気味《こうふんぎみ》に続《つづ》けた。

「わたしは一度《いちど》、実験室《じっけんしつ》で何《なに》かをさがし回《まわ》る男《おとこ》の姿《すがた》を見《み》かけました。そいつはマスクをつけていて、わたしを見《み》ると悲鳴《ひめい》をあげ、書《しょ》さいへにげこんだのです。あそこにいるのは、絶対《ぜったい》にジキル博士《はかせ》ではありません！　マスクの男《おとこ》は、ジキル博士《はかせ》より

もだいぶ背《せ》が小《ちい》さかったのですから。」

「とにかく、書《しょ》さいのドアをつきやぶってでも、真実《しんじつ》を確《たし》かめなくてはなるまい。

プールよ、君《きみ》はその男《おとこ》をだれだと思《おも》っているんだね？」

「しょうこはありませんが、ハイド氏《し》かと聞《き》かれたら、そうだと答《こた》えます。」

「やはりそうか。わたしの考《かんが》えも同《おな》じところへ行《い》きついているよ。」

アタスンは、馬《うま》の世話係《せわがかり》であるブラッドショーを呼《よ》び、男《おとこ》がにげたときのために裏口《うらぐち》を見張《みは》らせた。そして、プールとともに書《しょ》さいへ向《む》かった。

「ジキル！　わたしだ。アタスンだ！」

アタスンはドアの前《まえ》で大声《おおごえ》でさけんだ。しばらく待《ま》ったが返事《へんじ》はない。

「ジキル、君《きみ》がドアを開《あ》けてくれないなら、たたき割《わ》ってでも入《はい》るぞ！」

すると、中《なか》から
「アタスン、やめてくれ！」

という声《こえ》がした。しかし、それはジキルの声《こえ》ではなかった。

「ハイドの声《こえ》だ！　プール、ドアをこわすぞ！」

プールは用意《ようい》していたおのを、何度《なんど》も何度《なんど》もふりおろした。

そして、とうとう、丈夫《じょうぶ》なドアが書《しょ》さいの中《なか》へとたおれこんだ。

アタスンとプールは、おそるおそる室内《しつない》をのぞきこんだ。

部屋《へや》の真《ま》ん中《なか》に、たおれている男《おとこ》の姿《すがた》があった。男《おとこ》はたしかに、エドワード・ハイドだった。体《からだ》に合《あ》わない、だぶだぶの服《ふく》を着《き》ている。心臓《しんぞう》はすでにとまっていた。手《て》には薬《くすり》のびんがにぎられていて、あたりには*青酸《せいさん》の強《つよ》いにおいがただよっている。

「自殺《じさつ》してしまったか……。ジキルを救《すく》うことも、ハイドをばっすることもできなかった。あとは、せめてジキルの死体《したい》を見《み》つけなければ。」

アタスンはそう言《い》って、プールとともに死体《したい》をさがし始《はじ》めた。しかし、屋《や》しき中《じゅう》どこをさがしても、ジキルを見《み》つけることはできなかった。

二人《ふたり》は再《ふたた》び書《しょ》さいへもどり、部屋《へや》の中《なか》を調《しら》べた。

*青酸《せいさん》……「青酸《せいさん》カリ」という名前《なまえ》の強《つよ》い毒《どく》。

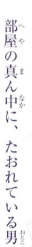

すると、机《つくえ》の上《うえ》にアタスンあての大《おお》きなふうとうがあった。中《なか》からジキルのメモが出《で》てきた。

「親愛《しんあい》なるアタスン
君《きみ》がこのメモを見《み》るとき、わたしは失《しっ》そうしているだろう。わたし自身《じしん》、どのように失《しっ》そうするのか、予想《よそう》ができない。真相《しんそう》を知《し》りたければ、ラニョンが君《きみ》へわたした手記《しゅき》と、このヘンリー・ジキルの告白《こくはく》を読《よ》んでくれ。」

ふうとうに入《はい》っている書類《しょるい》が、どうやら「ジキルの告白《こくはく》」らしかった。

「プール、わたしはいったん家《いえ》にもどり、ラニョンとジキルが残《のこ》した手記《しゅき》を読《よ》むとしよう。またこちらへもどってくるから、警察《けいさつ》へ届《とど》けるのはそれからにしよう。」

アタスンはジキルの屋《や》しきをあとにし、自分《じぶん》の事務所《じむしょ》へ向《む》かった。

二人《ふたり》の親友《しんゆう》が残《のこ》した、二通《につう》の手記《しゅき》を読《よ》むために……。

第《だい》5章《しょう》 二《ふた》つの手記《しゅき》

◆ラニヨン博士《はかせ》の手記《しゅき》◆◆◆

数日前《すうじつまえ》、わたしはヘンリー・ジキルからの書留郵便《かきとめゆうびん》を受《う》け取《と》った。

「親愛《しんあい》なるラニヨン

わたしの命《いのち》や名《めい》よ、そして理性《りせい》は君《きみ》の心《こころ》にかかっている。もし、君《きみ》がわたしの願《ねが》いをかなえてくれなければ、わたしはもうおしまいだ。」

手紙《てがみ》の始《はじ》めには、こんなことが書《か》かれていた。読《よ》みすすめていくと、わたしへのきみょうなたのみごとが記《しる》されていた。

「まず、この手紙《てがみ》を持《も》ち、馬車《ばしゃ》でジキルの屋《や》しきへ行《い》ってほしい。そこには執事《しつじ》のプールがかぎ屋《や》とともに待《ま》っている。かぎ屋《や》に書《しょ》さいのかぎを開《あ》けさせ、君《きみ》が一人《ひとり》

で中《なか》に入《はい》ってくれ。そして、左手《ひだりて》にあるガラス戸《と》だなを開《あ》け、上《うえ》から四段目《よんだんめ》の引《ひ》き出《だ》しを、中身《なかみ》ごと持《も》ち出《だ》し、君《きみ》の家《いえ》に持《も》ち帰《かえ》ること。

次《つぎ》は、午前《ごぜん》れい時《じ》に、一人《ひとり》で診察室《しんさつしつ》に入《はい》って、ある男《おとこ》を待《ま》っていてほしい。男《おとこ》が訪《たず》ねてきたら、**持《も》ち帰《かえ》った引《ひ》き出《だ》しをそのまま彼《かれ》にわたしてくれ。**」

手紙《てがみ》の内容《ないよう》は、これだけだった。

わたしは、ジキルはとうとう気《き》が変《へん》になったのだと思《おも》った。しかし、そのしょうこがない限《かぎ》りは、友人《ゆうじん》として彼《かれ》のたのみを引《ひ》き受《う》けてやるべきだとも思《おも》った。それほど、手紙《てがみ》の文面《ぶんめん》にはせっぱつまった感《かん》じが表《あらわ》れていたのだ。

わたしはジキルの言《い》うとおりにして、引《ひ》き出《だ》しを持《も》ち帰《かえ》った。家《いえ》に着《つ》いてから、引《ひ》き出《だ》しの中身《なかみ》を調《しら》べてみたが、粉薬《こなぐすり》と、水薬《みずぐすり》が入《はい》ったびんと、何《なに》かの実験《じっけん》を記録《きろく》したノートがあるだけだった。これを何《なに》に使《つか》うのか、見当《けんとう》もつかなかった。

十二時《じゅうにじ》のかねがロンドン市内《しない》にひびいた直後《ちょくご》、げんかんをノックする音《おと》がかすかに聞《き》こえた。ドアを開《あ》けると、背中《せなか》を丸《まる》めた背《せ》の低《ひく》い男《おとこ》が一人《ひとり》、うずくまっていた。

ジキルの使《つか》いかどうかたずねると、男《おとこ》は「そうだ。」と答《こた》えたので、わたしは彼《かれ》を中《なか》へ招《まね》いた。初《はじ》めて見《み》る男《おとこ》だったが、どこかゆがんだ感《かん》じがしていて、わたしは不快感《ふかいかん》を覚《おぼ》えた。彼《かれ》は、高級品《こうきゅうひん》だが、サイズの合《あ》わないだぶだぶの服《ふく》を着《き》ていた。

引《ひ》き出《だ》しを見《み》ると、男《おとこ》は急《きゅう》に興奮《こうふん》し出《だ》して、中身《なかみ》をわたすように求《もと》めた。引《ひ》き出《だ》しの中身《なかみ》を確認《かくにん》すると、男《おとこ》はメスシリンダーを貸《か》してほしいと言《い》った。わたしてやると、薬《くすり》びんから赤色《あかいろ》の液体《えきたい》を二《に》、三《さん》てき、メスシリンダーへ入《い》れ、そこへ粉薬《こなぐすり》をひとつまみまぜた。赤《あか》っぽい色《いろ》をした液体《えきたい》は、あわだって、

蒸気《じょうき》をあげながら変色《へんしょく》し、最終的《さいしゅうてき》にはあわい緑色《みどりいろ》に変化《へんか》した。

男《おとこ》は、そこでわたしのほうへ向《む》きなおり、じろりとにらんだ。そして、「わたしがメスシリンダーを持《も》って出《で》ていくのを見送《みおく》るか、何《なに》が起《お》こるか最後《さいご》まで見届《みとど》けるか、どちらかひとつを選《えら》べ。」と言《い》ったのだ。わたしは、こんなきみょうなたのみごとを引《ひ》き受《う》けたのだから、最後《さいご》まで見届《みとど》けると答《こた》えた。

すると、男《おとこ》はわたしの前《まえ》で、メスシリンダーの中身《なかみ》をぐいっと飲《の》みほした。そして、何《なに》かわめきながら、よろよろと机《つくえ》にしがみつき、苦《くる》しそうにもがいた。

だまって見《み》ていると、目《め》の前《まえ》で、男《おとこ》の姿《すがた》がだんだん変《か》わり始《はじ》めた。体《からだ》が大《おお》きくなっていき、目《め》も鼻《はな》もとけたようになって、形《かたち》を失《うしな》っていく。わたしは恐怖《きょうふ》のあまり、いすから飛《と》び上《あ》がってかべぎわへにげた。

男《おとこ》はやがて、ぶるぶるふるえながら、生《い》き返《かえ》った死人《しにん》のようにゆっくりと立《た》ち上《あ》がった。

その姿《すがた》をよく見《み》ると、なんとヘンリー・ジキルではないか！

そのあとのジキルの話《はなし》は、とても書《か》くことができない。でも、わたしが見《み》たことは、すべて事実《じじつ》だ。医師《いし》として、非科学的《ひかがくてき》なことを否定《ひてい》して生《い》きてきたわたしの人生《じんせい》は、見事《みごと》に打《う》ちくだかれた。わたしのたましいは、今《いま》、とても弱《よわ》っている。もう長《なが》くは生《い》きられないだろう。

ひとつだけ、書《か》いておく。ジキルによると、わたしの家《いえ》にやって来《き》た男《おとこ》は、ダンバーズ卿殺《きょうごろ》しの犯人《はんにん》として指名手配《しめいてはい》されている、あのハイドであった。

ヘイスティー・ラニヨン

◇ヘンリー・ジキルの告白《こくはく》◇◇◇

わたしは育《そだ》ちもよく、勉強家《べんきょうか》で、かしこくて正《ただ》しい心《こころ》の持《も》ち主《ぬし》を尊敬《そんけい》し、自分《じぶん》もまたそのようにあるべきだと思《おも》っていた。

ところが、わたしの中《なか》にも、快楽《かいらく》を求《もと》める弱《よわ》い心《こころ》があった。わたしはそういう自《じ》分《ぶん》の見苦《みぐる》しい面《めん》を、人《ひと》には決《けっ》して見《み》せまいとしてきた。

そのために、世間《せけん》に出《で》てある程度《ていど》の社会的《しゃかいてき》な地位《ちい》を築《きず》いたころには、ひどく裏表《うらおもて》のある、二重《にじゅう》の生活《せいかつ》を送《おく》るようになっていた。わたしは、自分自身《じぶんじしん》に対《たい》し、常《つね》に高《たか》い理想《りそう》をかかげていたため、ほかの人《ひと》ならじまんして言《い》うような遊《あそ》びをしたときでさえ、だれにも言《い》わないようにしていた。こうしたことをくり返《かえ》すうち、わたしの中《なか》の善《ぜん》と悪《あく》が真《ま》っ二《ぷた》つに分《わ》かれていったのだ。

そのうちに、わたしは、一人《ひとり》の人間《にんげん》の中《なか》にある善《ぜん》と悪《あく》の二《ふた》つの人格《じんかく》が、別々《べつべつ》の体《からだ》を持《も》つことを夢見《ゆめみ》るようになった。

この二《ふた》つの人格《じんかく》が、別々《べつべつ》の体《からだ》に宿《やど》ったら、どれだけ人生《じんせい》を楽《らく》に過《す》ごせるだろう。善《ぜん》の人格《じんかく》はよいことだけを行《おこな》い、悪《あく》の人格《じんかく》は悪《わる》いことだけを行《おこな》う。それぞれは別《べつ》の人格《じんかく》のしたことに対《たい》し、一切責任《いっさいせきにん》を負《お》わなくてよいのだ。

なんとか人格《じんかく》を分《わ》けることができないだろうか？　わたしは研究《けんきゅう》の末《すえ》、ついに人格《じんかく》を分《わ》ける特《とく》しゅな薬《くすり》をつくり出《だ》した。

しかし、実際《じっさい》に試《ため》すことはなかなかできなかった。

一歩《いっぽ》まちがえば、命《いのち》を失《うしな》うことになるとわかっていたからだ。

しかし、わたしはとうとうゆうわくに負《ま》け、薬《くすり》を飲《の》んでしまった。体《からだ》が切《き》り刻《きざ》まれるような激《はげ》しい痛《いた》み、すさまじいはき気《け》にたえていると、やがて高熱《こうねつ》がひくようにすっと体《からだ》が楽《らく》になった。そして、言葉《ことば》では表《あらわ》せないほどすがすがしく、解《と》き放《はな》たれたような軽《かろ》やかな気分《きぶん》を味《あじ》わった。そっとろうかを歩《ある》いて行《い》き、寝室《しんしつ》の姿見《すがたみ》で見《み》ると、わたしは別人《べつじん》エドワード・ハイドになっていた。

ハイドとなったわたしの姿《すがた》は、本来《ほんらい》の自分《じぶん》よりも若《わか》く、体《からだ》は小《ちい》さかった。悪《あく》だけが表《あらわ》れているので、顔《かお》も体《からだ》もゆがんでみにくく見《み》えた。しかし、わたしはその姿《すがた》をきらうどころか、ジキルよりもよほどすばらしいと思《おも》った。これほどまでに純《じゅん》すいな悪《あく》の姿《すがた》をもつ者《もの》は、エドワード・ハイドただ一人《ひとり》だけである。

もう一度《いちど》薬《くすり》を飲《の》むと、またあの激《はげ》しい痛《いた》みにおそわれた。それがおさまると、わたしの体《からだ》はもとのジキルにもどっていた。

こうしてわたしは、善《ぜん》と悪《あく》の二《ふた》つの自分《じぶん》を手《て》に入《い》れたのだ。

わたしは、二《ふた》つの自分《じぶん》をうまく利用《りよう》するため、いろいろと準備《じゅんび》をした。ハイドの姿《すがた》で自宅《じたく》を訪《おとず》れ、使用人《しようにん》たちに顔《かお》を見《み》せておき、いつでも屋《や》しきに出入《ではい》りができるようにした。そして、ジキルの身《み》に何《なに》か起《お》きたときのために、ハイドに遺産《いさん》をゆずるという遺言状《ゆいごんじょう》も書《か》いておいた。アタスン、君《きみ》にはずいぶん反対《はんたい》されたね。

ハイドがどれだけ悪《わる》い行《おこな》いをしても、ジキルにもどれば、それはわたしには関係《かんけい》のないことだった。こんなにゆかいなことが、ほかにあるだろうか？

しかし、そのうち、おそろしいことが起《お》こった。**ある日《ひ》目覚《めざ》めたら、薬《くすり》を飲《の》んでいないのに、いつのまにかハイドの姿《すがた》になっていたのだ。**

これは一体《いったい》どうしたことか？　恐怖《きょうふ》がこみ上《あ》げてきた。このままでは、わたしはジキルにもどることができずに、いつかは完全《かんぜん》にハイドになってしまうかもしれない。わたしは、ジキルかハイド、どちらか一人《ひとり》を選《えら》ばなければならないと感《かん》じた。そして、ハイドとし

て秘密《ひみつ》の悪《あく》を楽《たの》しむ生活《せいかつ》に別《わか》れを告《つ》げた。

ジキルとして二《に》か月間《げっかん》、善良《ぜんりょう》な生活《せいかつ》を送《おく》ったが、ある日《ひ》わたしはゆうわくに負《ま》けて再《ふたた》び薬《くすり》を飲《の》んでしまった。二《に》か月《げつ》ぶりに呼《よ》び出《だ》されたハイドは、きょう悪《あく》さを増《ま》していた。そしてあのダンバーズ卿《きょう》が不幸《ふこう》にも、ぎせいになってしまったのだ。

ハイドは指名手配犯《しめいてはいはん》となった。ハイドとして生《い》きることは、今度《こんど》こそゆるされない。わたしは、ハイドを今度《こんど》こそふう印《いん》し、ジキルとして、過去《かこ》をつぐない、清《きよ》く正《ただ》しく生《い》きていこうと決《き》めた。

けれど、わたしの精神《せいしん》は、すでにバランスをくずしてしまっていたようだ。急《きゅう》にはき気《け》がし、気《き》を失《うしな》ったかと思《おも》うと、またしてもエドワード・ハイドに変身《へんしん》していたのだ。

ハイドの姿《すがた》で人々《ひとびと》に見《み》つかれば、死刑《しけい》である。わたしはあわてふためいた。ジキルにもどるためには、家《いえ》にある薬《くすり》を取《と》ってくる必要《ひつよう》がある。でも、どうやって？

そこで、わらにもすがる思《おも》いで、ラニョンに引《ひ》き出《だ》しを取《と》ってきてもらうようたのんだのだ。ラニョンには悪《わる》いことをした。

しかし、それよりも、わたしの心《こころ》をしめていたのは、自分《じぶん》がいつまたハイドに変《へん》身《しん》するかという恐怖《きょうふ》だった。いっしゅんでもねむったすきに、ハイドとして目《め》を覚《さ》ますことが多《おお》くなってしまったのだ。自分《じぶん》の分身《ぶんしん》として、自分《じぶん》にはできない悪事《あくじ》を重《かさ》ねるハイドという存在《そんざい》を、わたしはこのときにはにくんでいた。そして、ハイドのほうも、ジキルをにくみ、ジキルにもどることを、きょひしていた。

薬《くすり》の量《りょう》を二倍《にばい》にして、やっとのことでジキルにもどっても、痛《いた》みすら感《かん》じることなく再《ふたた》びハイドにもどってしまう。

そのうえ、薬品《やくひん》の材料《ざいりょう》が手《て》に入《はい》らなくなってしまった。もう薬《くすり》は残《のこ》り少《すく》ない。薬《くすり》がなくなってしまったら、わたしはもう二度《にど》とジキルとして生《い》きていくことができないだろう。あるいは、ジキルがいつわりの姿《すがた》で、ハイドがわたしの本当《ほんとう》の姿《すがた》なのかもしれない……。

わたしは今《いま》、最後《さいご》の力《ちから》をふりしぼって、この手紙《てがみ》を書《か》いている。じきに薬《くすり》の効果《こうか》が切《き》れれば、この肉体《にくたい》はハイドに支配《しはい》されてしまう。ジキルの心《こころ》で考《かんが》えることができるのも、これが最後《さいご》だ。この告白文《こくはくぶん》が、ハイドに見《み》つかればズタズタに破《やぶ》かれてしまうはずだ。ハイドは死刑台《しけいだい》で死《し》ぬことになるのだろうか。わたしには、もはやどうでもよいことだ。ジキルにとっては、今《いま》が死《し》の瞬間《しゅんかん》なのだから。死《し》んだあとのことは、わたしには関係《かんけい》がない。

ここで、わたしはペンを置《お》き、この告白《こくはく》をふう印《いん》し、不幸《ふこう》なヘンリー・ジキルの命《いのち》の火《ひ》を消《け》すことにしよう。

物語《ものがたり》について知《し》ろう！

悪《あく》はぜったいにゆるしてはいけないもの？

「ジキルとハイド」が書《か》かれた19世紀後半《せいきこうはん》、イギリス社会《しゃかい》にはルールや道徳的《どうとくてき》な正《ただ》しさを強《つよ》く重《おも》んじるふんいきがありました。このお話《はなし》は、小《ちい》さな悪《あく》もゆるさないような息苦《いきぐる》しい社会《しゃかい》では、かえってこんな悲劇《ひげき》が起《お》こるかもしれないという、作者《さくしゃ》からのメッセージなのかもしれません。

二重人格《にじゅうじんかく》

一人《ひとり》の人《ひと》の中《なか》に二《ふた》つの人格《じんかく》が存在《そんざい》し、それが交代《こうたい》で現《あらわ》れる病気《びょうき》のことを二重人格《にじゅうじんかく》と言《い》います。「ジキルとハイド」は二重人格《にじゅうじんかく》のお話《はなし》ではありませんが、「一人《ひとり》の人《ひと》が二《ふた》つの人格《じんかく》を持《も》っている」こととつなげて、二重人格《にじゅうじんかく》の別名《べつめい》のように言《い》われることがあります。

ロバート・ルイス・スティーブンソンについて

1850～1894年《ねん》

スコットランドのエディンバラ生《う》まれ。大学《だいがく》で法学《ほうがく》を学《まな》び弁護士《べんごし》になりますが、幼《おさな》いころから親《した》しんだ物語《ものがたり》を書《か》くことへの想《おも》いを捨《す》てられず、小説《しょうせつ》を書《か》くようになります。

結婚《けっこん》、そして作家《さっか》へ

30歳《さい》のとき、結婚《けっこん》。フランスやスイスへ移《うつ》り住《す》みながら小説《しょうせつ》を書《か》き、冒険小説《ぼうけんしょうせつ》の「宝島《たからじま》」を発表《はっぴょう》して大作家《だいさっか》に。そして36歳《さい》のとき、「ジキルとハイド」を発表《はっぴょう》しました。

南太平洋《みなみたいへいよう》の島々《しまじま》へ

幼少《ようしょう》の頃《ころ》から体《からだ》が弱《よわ》かったスティーブンソンは、1888年《ねん》に療養《りょうよう》のため家族《かぞく》とともに南太平洋《みなみたいへいよう》へ向《む》かいます。タヒチやハワイに住《す》んだのち、サモア諸島《しょとう》に移《うつ》り、そこで44歳《さい》の生涯《しょうがい》をとじました。

＜参考文献《さんこうぶんけん》＞
『ジーキル博士《はかせ》とハイド氏《し》』
海保眞夫《かいほまさお》訳《やく》、岩波少年文庫《いわなみしょうねんぶんこ》、2002年《ねん》

トキメキ夢《ゆめ》文庫《ぶんこ》　刊行《かんこう》のことば

長《なが》く読《よ》み継《つ》がれてきた名作《めいさく》には、人生《じんせい》を豊《ゆた》かで楽《たの》しいものにしてくれるエッセンスがつまっています。でも、小学生《しょうがくせい》のみなさんには少《すこ》し難《むずか》しそうにみえるかもしれませんね。そんな作品《さくひん》をよりおもしろく、よりわかりやすくお届《とど》けするために、トキメキ夢文庫《ゆめぶんこ》をつくりました。日《に》本《ほん》の新《あたら》しい文化《ぶんか》として根《ね》づきはじめている漫画《まんが》をとり入《い》れることで、名作《めいさく》を身近《みぢか》に親《した》しんでもらえるように工夫《くふう》しました。

ぜひ、登場人物《とうじょうじんぶつ》たちと一緒《いっしょ》になって、笑《わら》ったり、泣《な》いたり、感動《かんどう》したり、悩《なや》んだりしてみてください。そして、読書《どくしょ》ってこんなにおもしろいんだ！　と気《き》づいてもらえたら、とてもうれしく思《おも》います。

この本《ほん》を読《よ》んでくれたみなさんの毎日《まいにち》が、夢《ゆめ》いっぱいで、トキメキにあふれたものになることを願《ねが》っています。

2016年《ねん》7月《がつ》　新星出版社編集部《しんせいしゅっぱんしゃへんしゅうぶ》

＊今日では不適切と思われる表現が含まれている作品もありますが、時代背景や作品性を尊重し、そのままにしている場合があります。

＊原則として、小学六年生までの配当漢字を使用しています。語感を表現するために必要であると判断した場面では、中学校以上で学習する漢字・常用外漢字を使用していることもあります。

＊より正しい日本語の言語感覚を育んでもらいたいという思いから、漫画のセリフにも句読点を付加しています。

原作＊ガストン・ルルー（オペラ座の怪人）／ブラム・ストーカー（ドラキュラ）／
ロバート・ルイス・スティーブンソン（ジキルとハイド）
編訳＊中川千英子（オペラ座の怪人）／
高橋みか（ドラキュラ、ジキルとハイド）
マンガ・絵＊shoyu（オペラ座の怪人）／花野リサ（ドラキュラ）／
くろにゃこ。（ジキルとハイド）
本文デザイン・DTP＊（株）ダイアートプランニング（高島光子、上山未紗）
装丁＊小口翔平＋上坊菜々子（tobufune）
構成・編集＊株式会社スリーシーズン（伊藤佐知子、松下郁美、荒川由里恵）

本書の内容に関するお問い合わせは、**書名、発行年月日、該当ページを明記**の上、書面、FAX、お問い合わせフォームにて、当社編集部宛にお送りください。**電話によるお問い合わせはお受けしておりません**。また、本書の範囲を超えるご質問等にもお答えできませんので、あらかじめご了承ください。

FAX：03－3831－0902

お問い合わせフォーム：http://www.shin-sei.co.jp/np/contact-form3.html

トキメキ夢文庫
恐怖の名作 オペラ座の怪人／ドラキュラ／ジキルとハイド
2018年7月15日 初版発行

編者 新星出版社編集部
発行者 富永靖弘
印刷所 株式会社高山

発行所 東京都台東区台東2丁目24 株式会社 新星出版社
〒110-0016 ☎03（3831）0743

ISBN978-4-405-07276-3

たい中 さくら